書下ろし

ろくでなしの恋

草凪 優

祥伝社文庫

目次

第一章　都会の匂い

アーモンドピンク、サーモンピンク、パールピンク、ピンクオレンジ、薄桃色、紅赤、深紅、桜色、珊瑚《さんご》色、くすんだあずき色……眼もくらむような色のカクテルがＰＣモニターの画面を占領している。

まるで宇宙だ、と今江比呂彦《いまえひろひこ》はマウスを操作しながらいつも思う。

モニターに映っているのは、剝《む》きだしの女性器だった。

刻一刻と形を変え、うねり、痙攣《けいれん》する粘膜と肉ひだにモザイクをかけていくのは、宇宙を塗り潰していく作業に似ている。不可能なのだ。消しても消しても終わらない。眼の奥に痛みを覚えるくらい没頭して消しつづけても、次の瞬間には画面のどこかに現われる。一本仕上げても、次の作品が待っている。男が女性器にカメラを向け、それを凝視したいという欲望が、宇宙のように無限なのである。

今江はAVメーカーの下請けで、動画にモザイクをかける仕事をしていた。

御徒町《おかちまち》の狭いワンルームマンションに引きこもり、コンビニに行く以外にはほとんど外出せず、滅多に人とも会わない生活を、もう五年も続けている。淋しいとか人恋しいと思ったことはないが、やはり心身ともに健康的とは言いがたい。時折鏡を見ると、自分の顔にぞっとする。死んだ魚のような眼をしている。

電話が鳴った。

携帯電話の液晶パネルには、十一桁の番号が表示されていた。つまり、アドレス帳にない番号だ。出るべきか放っておこうかしばし考えてから、結局出た。

「もしもし……」

「今江さん？」

電話の主は女だった。声が低く沈んでいる。

「おたくは？」

「コバトサキです」

にわかには思いだせない名前だった。

「高蝶《たかちよう》哲也《てつや》の……そのう……」

そちらの名前には聞き覚えがあった。記憶から消し去ろうとしてもなかなかできない忌《い》まわしい名前だ。忌まわしさがひきがねとなり、脳が「コバトサキ」を「小鳩早紀」に変換した。「高蝶哲也の……」に続く言葉は、彼女＝恋人だ。元がつくかもしれないが。

「なんですか、こんな時間に？」

　時刻は深夜の三時を過ぎていた。

「それにどうして僕の番号を？」

「高蝶の携帯に番号が入ってたから……料金不払いで停まってるんで、かけてるのは自分の携帯だけど」

「で？」

　今江は尖《とが》った声で先をうながした。左手で携帯を持ちながら、右手ではカチャカチャとマウスを操作し、女性器にモザイクをかける作業を継続している。高蝶哲也は同郷出身の先輩だった。上京してから一年ほど、部屋に居候《いそうろう》させてもらっていたことがあり、恩義がないこともないのだが、いまはもう、思いだしたくもない。この五年は完全に没交渉で、絶縁状態と言っていい。

「高蝶、亡くなりました」

　マウスを操作している手がとまった。黙っていると早紀は続けた。

「ご存じなかったですか？　ニュースにもなったんですが、一週間前、高速道路で事故を起こしたんです……」

早紀はいったん言葉を切り、間を置いてから続けた。

「でも、殺されたのかもしれない」

「それで？」

今度は早紀が黙る番だった。

「知らせてくれてありがとう。でも、こっちはもう、あの人とは関係ないから」

今江は冷たく言って電話を切った。相手の気分を害するような切り方をしてしまったが、それでよかった。気分を害して、二度と電話なんてかけてこなければいい。

マウスを操作し、ウェブブラウザを開いた。

検索エンジンに「高蝶哲也、高速道路、死亡事故」とキーワードを入力すると、驚くほどあっさりニューストピックが見つかった。

『十月十九日午後十一時四十分ごろ、栃木県宇都宮市の東北自動車道下り線で、東京都品川区の男性＝高蝶哲也さん（30）＝の運転するセダンが道路左側のガードレールに衝突して炎上、死亡した。県警高速隊によると、高蝶さんは時速二百キロ以上で走行しており、緩やかな右カーブが曲がりきれなかった……』

今江はマウスから手を離し、椅子《いす》にもたれた。

本当に死んでしまったらしい。

それにしても、いくら高速道路とはいえ、二百キロも出すなんて馬鹿げている。そのスピードで走っている光景を想像すると、身震《みぶる》いが走った。フロントガラス越しの景色が認識できない勢いで前から後ろに流れていき、カーブが迫ってくる。ガードレールに衝突する衝撃、クルマが炎上するオレンジ色の業火《ごうか》……。

想像が、呼吸をとめさせた。

気がつけば、手のひらにびっしり浮かんだ冷たい汗を握りしめていた。

「殺されたのかもしれない……」

という早紀の言葉が耳底に蘇《よみがえ》ってくる。報道に事件性は匂わされていなかったが、たしかに不審と言えば不審だ。高蝶はクルマの運転に関してだけは超のつくビビリ屋で、そもそもハンドルを握ることを極端に嫌っていた。それが時速二百キロ？　炎上するクルマの向こうに、不気味な闇を感じないでもない。

それでも、同情は起きなかった。

涙も出なかった。

「殺されたっておかしくねえよ、あの人は……」

涙のかわりに悪態が口をつき、今江はマウスを操作してブラウザを閉じた。

＊

今江比呂彦は東北地方の小さな田舎《いなか》町に生まれた。

人口七万人ほどの市のはずれで、家のまわりには田圃《たんぼ》以外になにもなかった。スーパー、飲食店、レンタルＤＶＤショップ、どこへ行くにもクルマで二、三十分はかかる。そんな片田舎で、高校を卒業し、家電量販店に就職した。

将来の見当はだいたいついた。まわりを見渡せば見本がいるからだ。三十前にこんな女と結婚し、四十になったらこんなふうな家族をもち、五十、六十でこんな病を得て、七十いくつでこんなふうに死ぬだろうと、鈍色《にびいろ》の雲が重く垂れこめる冬空のような未来が異様な生々しさで想像でき、息がつまりそうだった。

高蝶哲也は高校のバスケ部の二年先輩で、高校を卒業すると同時に東京に出た。大学に進学する者などほとんどいない高校だった。高蝶も進学するために上京したわけではなく、かといって就職先のあてがあったわけでも、東京でしかつかむことができない希望を胸に抱いていたわけでもなさそうだった。

ただ漠然と上京した。そういう人間は珍しくなかったが、二、三年で尻尾《しっぽ》を巻いて帰ってこない人間は珍しかった。

高蝶はその時点で六年間、東京暮らしを続けていた。中学生時代からヤンチャで鳴らし、高校時代はバスケの試合より喧嘩《けんか》のほうを多くこなした、見栄と虚勢が服を着て歩いているような男だった。出立前、「おまえらこんな田舎で一生終わるのヤじゃねえの?」と捨て台詞《ゼリフ》を残していき、その手前、帰りたくても帰ってこられず、きっと友達ひとりいない東京砂漠で泣いて暮らしてるに違いない――仲間内ではそう噂《うわさ》していたのだが、その年の正月に久しぶりに帰省した高蝶の顔は明るかった。化粧品のセールスでひと山当てたと豪語して、みんなに気前よく酒を奢《おご》ってくれた。

「化粧品っつってもさ、その辺のスーパーなんかで売ってるようなやつじゃなくて、ワンセット五万円からの高級品だぜ。小売店に卸《おろ》さないから、直接販売しかできないんだ。一件一件訪問して顧客を獲得していくんだけど、一度売っちまえば化粧品ってやつは消耗品だからさ、黙っててても毎月買ってくれる。稼ぎは鰻《うなぎ》登りの倍々ゲームってわけだ。月給が増えることはあっても、減ることなんかあり得ない」

「へええ、そりゃあおいしいですね」

話を聞いた今江は、心から感心した。六年前、二十二歳の春だった。閉塞《へいそく》感あふれる田舎での暮らしに窒息《ちっそく》寸前で、なにをやってもうまくいかなかったころだった。

「俺も東京行ってみようかなあ。ダメですかね、俺みたいのじゃ？」

「ダメじゃねえよ」

高蝶は鼻の穴をふくらませて言った。

「うちの会社はいま、儲《もう》かりすぎて人手不足なんだ。面接に来れば即採用。明日からだって働けるぜ。俺がイチから仕込んでやるから、その気になったらいつでも出てきなよ」

「マジすか？」

「マジ、マジ。東京はすげえぜ」

「いっこ質問してもいいですか？」

「ああ」

「東京のなにがいちばんすごいですか？」

「そうだな……」

高蝶は腕組みをしてしばし考えてからニヤリと笑った。

「なんつったって、女が綺麗だ。これだけは間違いない。田舎にいたら見かけることもないほどの美人がよお、東京にはいっぱいいる。美人なうえに化粧やおしゃれもばっちりで、道ですれ違うとくらくらするようないい匂いがするんだな」

今江の心臓は早鐘を打ちだし、眼の前がパーッと拓《ひら》けていくような気がした。高蝶の言葉は、今江が普段から考えていることを代弁してくれたのと同じだった。なんでも手に入るデパートとか、夜景が綺麗なトレンディスポットとか、洪水のような人混みとか、そういった東京に憧れはあまりない。それだけだったら、一生縁がなくてもかまわないような気がする。

だが、女は別だ。

東京には田舎で出会うはずがない綺麗な女がいる。元を辿《たど》ればどこからか出てきた田舎者なのかもしれないが、東京にいると、派手に着飾っていい匂いがして、とにかくむしゃぶりつきたくなるような「東京の女」になる。

今江は高蝶に「俺も絶対上京しますから、そのときはよろしく面倒見てください」と頭をさげ、数日後に勤めていた家電量販店に辞表を出した。すぐには辞められなかったし、親の説得などにも時間がかかって、上京できたのは正月の再会から半年過ぎた六月の終わりだった。

上野の駅から高蝶に電話すると、

「……ホントに来たのかよ」

電話の向こうで高蝶は絶句していたが、今江は自分の大胆な行動力を驚かれていると思って、得意な気分になった。指示されるまま、山手《やまのて》線で池袋に出て西武《せいぶ》線に乗り換え、ひと駅目の椎名町《しいなまち》という駅に降りたった。

梅雨《つゆ》の雨が降っていた。駅前はゴチャゴチャした商店街で、ちょうど夕方の買い物ラッシュのときだったから、雨合羽《あまがっぱ》を着て自転車にまたがったおばちゃんたちが一円でも安く野菜や魚を買い求めようと血まなこになっていた。生活感がありすぎて、東京で成功している男が住むにはなんだか似つかわしくないような気もしたが、池袋からひと駅なので実は高級住宅地なのかもしれないと思った。

やがて、ジャージ姿でビニール傘を差した高蝶が、迎えにきてくれた。苦虫を嚙み潰したような顔で睨《にら》まれ、今江の心臓は縮みあがった。

機嫌が悪いのが一目瞭然だったからだ。高蝶は昔から、機嫌が悪くなるとすぐに殴ってきた。もちろん本気のパンチではないけれど、高校バスケ部で不動のセンターだった彼は、身長百八十を超える巨漢で、力も強いから、けっこう痛い。

「すいません。なんか忙しかったですか？」

今江が身構えながら言うと、

「いや。暇で暇でしようがなかった……」

高蝶はつまらなそうに答え、足を放りだすような歩き方でコンビニに入っていった。今江は軽い衝撃を受けた。仮にも田舎の後輩が自分を頼りに上京してきたのだ。それなりの料理屋で、最低でも居酒屋かなにかで歓迎会をしてくれるだろうと期待していたのに、高蝶は平然とカップラーメンやジャンクスナックを買い物籠《かご》に放りこんでいった。

部屋に案内されると、さらなる衝撃が襲いかかってきた。

「雨月荘《うげつ》」という名の、いまや田舎でもあまり見かけない木造モルタルの傾きかけたアパートだったからだ。共同玄関で靴を脱ぎ、ギシギシと軋《きし》む階段をあがった二階に、高蝶の住処《すみか》はあった。六畳の和室と、二畳に満たない台所。高蝶が窓を開けると、西武線の黄色い電車が耳をつんざく轟音《ごうおん》をたてて眼の前を通りすぎていった。

後で聞いた話だが、雨月荘は都心の駐車場代にも満たない激安の家賃なので、他の住人の大半は、住居目的ではなく、増えすぎた家財道具を一時保管しておくためのトランクルーム代わりにしているということだった。

「悪かったな……」

高蝶は今江に背を向けたまま、走り去っていく西武線を眺めていた。

「田舎じゃちょっとばかし見栄を張っちまったが、東京での俺はこんなもんだ。先月までは、化粧品のセールスでそこそこ稼いでたんだけど……ネズミ講じみたヤバい仕事だったんで、入社して一年もたずに会社が飛んじまった」

「飛んだ……って？」

今江はほとんどパニックに陥《おちい》りかけていた。

「警察のガサが入って潰れちまったんだ。だからいまは失業中だよ。おまえの面倒も見られない。俺をあてにしてきたんなら、悪いけど田舎に帰ってくれ」

「いや、でも、先輩はこれからどうすんですか？」

「俺はまだ金があるから、しばらくぶらぶらしようと思ってるけど……そのうちまた、うまい儲け話を探すさ」

「じゃあ、俺も……」

今江はすがるように言った。

「俺もその、儲け話に乗せてください。一緒に仕事探します。田舎になんかしばらく帰れないし、他に東京に知り合いもいないんで、お願いしますよ」

「アホだなあ」

高蝶は振り返って笑った。

「どうせ大見得切って出てきちゃったんだろ？　東京でサクセスしてくるとか」

「……そんな感じです」

今江は苦笑して頭をかいた。正確には「二度と帰ってくるか、こんなド田舎！」と送別会の席でわめき散らし、幼なじみたちにたっぷりと顰蹙《ひんしゅく》を買っていた。

「まあ、べつにいいけどな。どうせ住むところも決めてないんだろう？　こんなボロアパートでよければ、いつまでもいていいからよ」

「あざーす」

今江はバスケ部仕込みの口調で礼を言い、深々と頭をさげた。


高蝶の部屋に居候を決めこんでの東京暮らしは楽しかった。

今江にしても、いささかの軍資金くらいは用意してきたので、しばらくぶらぶらできる余裕はあった。

ふたりで毎晩、繁華街に出かけた。歩いても行ける池袋はもちろん、電車に乗って新宿、渋谷まで遠征し、明け方まで街中をほっつき歩いていた。主な目的はナンパだったが、成功率は低かった。声をかけ、意気投合するところまではもちこめても、食事や酒の奢り損になるばかりで、ベッドインまでもちこめたことは皆無だった。

それでも今江は少しも退屈しなかった。

東京の女はやはり綺麗で、いい匂いがして、話しているだけで心が躍った。寝技にもちこめずに高蝶と愚痴《ぐち》をこぼしあっているのも、それはそれで楽しかった。なにしろ東京の繁華街は不夜城で、明け方まで喧噪《けんそう》がおさまることはなかったし、いい女は次から次に現われる。そのうち誰かひとりが相手にしてくれるに違いないと思うとドキドキしてしまい、反省会の自棄酒《やけ》も美味に感じられた。始発を待つため、二十四時間営業のゲームセンターで時間を潰していることさえ充実していた。

高蝶にしても、田舎の後輩が自分を頼りに上京してきたことが内心では嬉しかったらしい。「ヒロ、今日は渋谷に行ってみようぜ。ナンパに失敗しても、うまいラーメン屋があるからよ」と、毎日朝からテンションが高かった。見栄坊の彼は決して認めようとしないが、実は東京に来てからひとりも心を許せる友達ができなかったのだ。

ひと月ほどそんな生活が続いただろうか。

梅雨が明けて夏になると、東北生まれの今江は暑さにバテた。当然、雨月荘にはエアコンなどない。とくに熱帯夜がキツく、ホームシックにかかりそうになったが、繁華街に押し寄せる女の数は眼に見えて増大していった。夏休みに入ったからだ。キャミソールやミニスカートなど、露出の多い服を纏《まと》って浮かれた女が夜の繁華街にあふれ、熱帯夜が噴きださせる汗でたまらなくいい匂いを振りまいていた。

ホームシックになんかかかっている場合ではなかった。

とはいえ、ナンパは相変わらずうまくいかず、おまけに軍資金も尽きてきた。

ある夜、いつものように女にフラれ、新宿の夜をぶらぶら歩いているときだった。

「そろそろ働かねえとヤベえな」

高蝶が苦笑いしながら言った。

「俺、おまえが来る前からプータロー決めこんでたから、結局二ヵ月も遊んでたことになる。このままじゃ来月の家賃も払えねえ」

「家賃、俺も半分払いますよ。でも、こっちもそろそろ素寒貧《すかんぴん》になりそうなんで、バイトしましょう。なんかあてないんですか？」

「ない。とりあえず短期のバイトで凌《しの》ぐしかないな。ティッシュ配りとか」

「暑いのにしんどそうですね」

「じゃあ、夜の仕事にするか？　いっそのことキャバクラのボーイとか」

「キャバ嬢と仲良くなれますかね？」

「どうだろうな……」

乾いた笑いが行き来した。普段は何事においても自信満々の高蝶だったが、ナンパの連戦連敗に心が折れてしまったようだった。

「あーあ、それにしてもひと月も空振りつづきっていうのは情けねえ。ひとりくらい、やらせてくれる女に当たりたかったぜ」

「まったくですね。俺、まだ東京来てから童貞ですよ」

「泣けてくること言うんじゃねえよ」

高蝶に後頭部を張られた今江が、頭を抱えたときだった。

「痛えっ！」

「ちょっと、お兄さーん」

女のふたり組が、行く手を阻《はば》むように眼の前に立ち塞《ふさ》がった。

「喉《のど》渇いちゃったんだけど、うちらお金なくてー」

夜闇に煌々《こうこう》と光を放っている飲料水の自動販売機を見やり、ニヤニヤしながら手のひらを差しだしてきた。小銭を恵んでくれということらしい。

今江と高蝶は顔を見合わせた。

「やらせてくれるなら奢ってやるぜ」

高蝶が言い、

「冗談でしょ。一発百三十円？　どんだけ安いの」

女のひとりが唇を尖らせた。ふたりとも、二十歳《はたち》になるかならないかという若さだった。どちらも髪を金色に染め、露出がきわどいキャミドレスを着て、背格好も同じくらい。マスカラとアイラインがひどく濃い、似たようなメイクをしているから、まるで双子のようだった。違いといえば、キャミドレスの色くらいなものであり、一方がワインレッドで、もう一方が淡いベージュだった。

「冗談だよ、もちろん」

高蝶は笑って自動販売機にコインを入れた。そうしつつ、横眼でしっかり女を値踏みしていて、まあまあだな、というサインを眼顔で今江に送ってきた。今江はうなずいた。いささかケバいが、若くてエロい。

「なあ、マジな話、暇なら俺らと遊ばねえ？」

ジュースで喉を潤《うるお》すふたり組に高蝶は言い、

「実はコイツ……」

今江を指差した。

「いい年してまだ童貞なんだよね。可哀相だから、筆おろししてやってくんねえか」

「そりゃないですよ、先輩……」

今江は泣きそうな顔になった。たしかに東京に来てからは女を抱いていないが、田舎で初体験くらい済ませている。

女たちは顔を見合わせると、

「ホテル代、出してくれる？」

ワインレッドのキャミドレスが言い、

「あと、明日の朝ご飯も奢ってくれるなら考えてもいい」

淡いベージュもうなずいた。

「ホントかよ？」

高蝶の眼が輝いた。

「じゃあ、こうしよう。ホテル代はないけど、俺の部屋が歩いていけるところにある。そこに泊めてやるよ。もちろん、朝飯だってご馳走するから」

女たちが再び顔を見合わせ、今江は「おいおい……」と内心で突っこんだ。ここからアパートまで歩けば、一時間はかかる。たしかに歩いていけないことはないが、ほとんど詐欺《さぎ》のようなものだった。


ミュールを履いたふたりが足が痛いと言いだして、結局、大久保あたりでタクシーを拾う羽目になった。無職の懐《ふところ》には痛かったが、「しょうがねえからタクシーに乗ろう」と言った高蝶は、かなり必死だった。彼にしても久しぶりにありついた女のようで、据え膳を逃がしたくなかったのだろう。それに、ラブホテルを利用することを考えればタクシー代のほうがずっと割安だ。

しかし、椎名町のアパートに着いたら着いたで別の問題が露呈《ろてい》した。

部屋がひとつしかないことだ。布団はふた組あったけれど、部屋がひとつではセックスなんてできない。

「どうすんの？」

「もう今夜は雑魚寝《ざこね》にする？」

金髪のふたりはボロすぎるアパートに連れこまれてあからさまに不機嫌そうな顔をしたが、高蝶は一歩も引かずに持ち前のヴァイタリティを発揮した。

部屋の隅に、重厚な鉄製のハンガーラックがあった。アンティークふうのデザインで、近所の豪邸の前に粗大ゴミとして捨ててあったものを拾ってきたという自慢を聞かされたことがあるが、高蝶はそこにかかっていた服をすべて押し入れに突っこむと、窓際から剝《は》がしたカーテンをかけ、部屋をふたつに仕切ったのである。

最低だ、と今江は内心で独りごちた。そもそも、こんな狭くてボロくて埃《ほこり》っぽい部屋に、女を連れこもうという発想自体が間違っていたのだ。

それでも高蝶は得意げな顔で、

「どうだい？　これでふた部屋になった。文句はないだろう？」

啞然《あぜん》とする女ふたりに言い放ち、片方の手を引いてカーテンの向こうにまわりこんだ。

ワインレッドのキャミドレスのほうだ。マキという名前だった。こちらに残った淡いベージュのほうはユリ。今江はユリと眼を見合わせた。双子のように似たふたりだったので、高蝶もあまり考えずにマキを連れていったようだった。

「本当にここでするの？」

マキがカーテンの向こうで言い、

「いいじゃないか、問題ないよ」

高蝶の声がそれに続く。女を押し倒す気配が伝わってくる。

天井の蛍光灯は消されたが、カーテンを剝がした窓から外灯の光が差しこんできて、それなりに視界は保たれていた。立ったままだと隣を上からのぞきこめてしまいそうで、今江とユリはあわてて布団の上に腰をおろした。

だが、それでもなにしろカーテン一枚だから、やっていることは筒抜けだ。

「もう乳首が勃《た》ってるじゃないかよ」

「あんっ……やだぁ……」

「隣のことは気にすんな。俺だけ見てればいいから」

そんなやりとりにまじって、ハアハアと高ぶる吐息や衣擦《きぬず》れ音、乳房に吸いついて舐《な》めしゃぶる音までが生々しく聞こえてきた。

今江が息を吞んで固まっていると、

ユリが上目遣いでささやいてきた。キャミソールから露出した胸元や両腕が、薄闇の中でやけに白く輝いて見えた。ミニスカートからこぼれた肉づきのいい太腿《ふともも》が、生唾を呑みこみたくなるほど艶《なま》めかしかった。化粧が厚すぎて顔は可愛いのかどうかよくわからなかったけれど、白くてグラマーな体つきがたまらなくそそった。

「童貞なの？」

「童貞はちょっとキモいけど……」

押し黙ったままの今江に、ユリは声をひそめて続けた。

「この状況じゃやるしかないね。あたしヤダよ。隣の声ばっか聞かされてるの。経験なくても、やり方くらいだいたいわかるでしょ？」

「そりゃあ……まあ……」

今江がうなずくと、ユリは身を寄せてきた。熱帯夜をくぐり抜けてきた肌から、甘ったるい汗の匂いと、ココナツフレーバーの香水の匂いが漂ってくる。

「……ぅんんっ！」

今江は唇を重ねた。ユリはアヒルによく似た口をして、唇がふっくらと厚かった。今江は口に含んで吸った。童貞を演じようとしたわけではないけれど、夢中になって唇をむさぼり、薄いキャミソールドレスに包まれた体をまさぐった。

東京に来て初めて抱く女だった。

とびきり綺麗でも美人でもなかったし、夢に描いた「東京の女」とはずいぶん違ったが、ユリにも東京の匂いがした。田舎で付き合っていた、味噌汁くさい顔をした、腕まくりがよく似合う健康的な女とは根本的に違う。ケバくて不健康で、誰にでもやらせそうな尻軽女だったけれど、都会の夜がよく似合った。キャミドレスから豊満な乳房を取りだし、むしゃぶりつくと、東京そのものを愛撫しているような気にすらなった。

「もうっ！　そんなに焦らないで」

今江のことを童貞だと思っているユリは、「めっ」という上から目線で睨んでくると、体を入れ替えて今江の上に馬乗りになった。カーテンに仕切られた向こうから、「くぅうっ！」「んんんっ……」とマキのくぐもった悲鳴が聞こえてくる。それに眉をひそめながら、今江の汗ばんだＴシャツを脱がした。

「わたしにまかせといて……」

甘くささやきながら、首筋にキスの雨を降らせ、馬乗りの体を後ろにずらしていった。痛いくらいにふくらんだジーパンの股間を、顔に似合わない艶めいた手つきで撫でてきた。今江は息を呑み、自分の顔が真っ赤に上気していくのを感じた。間違いなく年下のはずなのに、ユリの手指の使い方は自分よりずっといやらしく、練達だった。

「こんなにパンパンにしちゃって……苦しい？　脱がせてほしい？」

マスカラで真っ黒になった睫毛《まつげ》をしばたたかせて、上目遣いで訊ねてくる。キモいと言っていたわりには、童貞男をリードできるのが楽しそうだった。あるいはセックス自体が楽しくてしようがないのか。路上で知りあった男の部屋にあっさりついてきてしまうくらい、欲求不満をもてあましているのか。

「やあん、大きい……」

ジーパンごとブリーフをずりさげたユリは、隆々と勃起しきったペニスを見て眼を丸くした。オレンジレッドのネイルアートに飾られた指先をペニスの根元にからませ、硬さと太さを確かめるように軽くしごいてきた。

それだけで今江は、先端から熱い粘液を漏らしてしまった。両脚をピーンと突っ張らせ、仰向《あおむ》けの体をこわばらせた。そうしていないと、身震いを起こしてしまいそうだった。

「うんあっ……」

ユリがアヒル口をひろげ、ピンク色の舌を伸ばしてくる。硬く隆起した男性器官に舌を這わせ、唾液を塗りつけた。薄闇の中でペニスがぬらぬらと卑猥《ひわい》な光沢を放った。ユリは得意げな上目遣いで今江を見て、「どう？　気持ちいい？」と無言で訊ねてきた。

今江は首に筋を立ててうなずいた。

ユリがペニスを口に含み、大胆にしゃぶりはじめると、気持ちがよすぎて目頭が熱くなってくるほどだった。

「俺にも……俺にもさせて……」

感極まった今江の哀願に、ユリは応えてくれた。淡いベージュのキャミドレスを脱ぎ捨てると、ショッキングピンクのショーツに包まれたヒップを向けて、今江の上にまたがってきた。シックスナインの体勢だ。

今江はショーツをさげて、尻の桃割れの奥をのぞきこんだ。薄闇のせいで女の花はよく見えなかったけれど、むっと湿った発情の匂いが鼻をついた。視覚が覚束《おぼつか》ないぶん、嗅覚が敏感になっていたのかもしれない。男の本能を奮い立たせる淫《みだ》らな匂いが鼻奥まで流れこんできて、頭の中に火がついたような興奮状態に陥った。

「むううっ……」

今江は鼻息も荒く、桃割れの間に鼻面を突っこんだ。むんむんと濃厚さを増した発情のフェロモンにおののきつつ、舌を伸ばし、女の花を舐めあげた。くにゃくにゃした卑猥な舐め心地が、頭の中の火を紅蓮《ぐれん》の炎に変えていく。

「むむうっ……むむうっ……」

「んんっ……ぅんんっ……」

はずむ吐息をからませあって、お互いの性器をむさぼった。熱帯夜だった。ふたりの体は汗にまみれて、肌がぬるぬるとすべった。匂いもすごかった。汗の匂いに化粧品の匂いに香水の匂い、そしてユリの股間から漂う獣じみた女の匂い。それらが一緒くたになって、カーテンに仕切られた狭い空間を占領していく。

とにかく暑かったので、今江はユリからショーツを剝ぎとり、ユリは今江からジーパンとブリーフを脱がせて、お互い全裸になってシックスナインに没頭した。

「はぁあああっ！」

やがてカーテンの向こう側から甲高い悲鳴が聞こえてきた。高蝶がマキに挿入したようだった。悲鳴に続いて、パンパンッ、パンパンッ、とピストン運動を彷彿《ほうふつ》とさせる肉の打擲《ちょうちゃく》音が聞こえてきて、今江とユリは眼を見合わせた。まだシックスナインで舐めあっていたい気もしたが、隣に遅れをとりたくないという空気が流れ、ユリは今江の上で体を反転させると、騎乗位の体勢を整えた。

「いくよ……」

ユリは今江を見下ろし、腰を落としてきた。今江は息を吞んだまま動けなかった。ぬるぬるに濡れた貝肉質の穴に、野太く膨張しきったペニスが埋めこまれていく。ぴったりした密着感が気が遠くなるような喜悦を運んでくる。奥から熱い粘液が垂れてきて、ユリはそれを潤滑油にして一気に根元まで咥えこんだ。

「あううううっ……」

結合の衝撃に身をよじりながら、ユリが上から見つめてきた。量感のある双乳がプルン、プルン、とバウンドし、その両先端で赤く尖った乳首が卑猥だった。

「ねえ、入っちゃったよ……奥まで入っちゃったよ……」

腰を動かし、クイッ、クイッ、と股間をしゃくった。ペニスを包みこんだ濡れた肉ひだが、ずちゅっ、くちゅっ、と音をたてた。

「これがセックスだからね……これでもう、童貞じゃないからね……」

言いながら腰の動きを熱っぽくし、ピッチをあげていった。厚化粧の顔を淫らにひきつらせて、快感の海に溺《おぼ》れはじめた。

「あぁあああっ……はぁあああっ……はぁあああああっ……」

一足飛びにあえぎ声を甲高くしていくユリを下から見上げながら、俺は童貞じゃないけど、と今江は胸底でつぶやいた。

しかし、ユリに童貞扱いされることが不快ではなかった。

たしかに初めてだったからだ。

偶然の出会いから、快楽を分かちあう関係になるまで、一時間もかかっていない。こんなスピードで女と体を重ねたことなど初めてだった。ド派手で尻軽そうなユリは決して好みのタイプというわけではなかったけれど、深夜の都市に飛翔する天使のひとりに違いなかった。

「むうう……」

今江はユリを抱きしめたくなり、上体を起こした。

「あんっ……」

ユリが頭を抱えてきて、今江の顔はたわわに実ったふたつの乳房に押しつけられた。柔らかい肉の感触にうっとりしながら、天使の体をきつく抱きしめた。見た目はグラマーなのに、抱きしめると意外なほど細かった。

「ああっ、いいっ！　いいよおっ！」

ユリが耳元で息をはずませる。

「童貞でも、オチ×チンは最高だよ。ああんっ、最高っ……」

言いながら、リズミカルに腰を使い、性器と性器をこすりあわせる。

今江は言葉を返すことができなかった。これほどあからさまにイチモツを褒められたことなどなかったので、面食らってしまった。言葉を返す代わりに、口づけをした。舌を吸いあいながら両手を動かし、汗にまみれた白い裸身をまさぐり抜いた。今江の愛撫にユリはますます燃えて、無尽蔵のエネルギーで腰を振りたててきた。

「な、なあ……」

今江は受け身でいつづけるのがつらくなり、

「上になってもいいか？　俺が上に……」

ユリの耳元でささやいた。

「そうだよね。やっぱ男だったら上になりたいよね。でも大丈夫？」

「たぶん」

「じゃあ、して……」

ユリが仰向けに倒れてくれ、体位が正常位になると、今江はいままで溜めに溜めていた欲望を一気に爆発させた。腕に抱いたユリの体が浮きあがるほどの勢いで、怒濤《どとう》のピストン運動を送りこんだ。

「はっ、はぁあううううーっ！」

ユリが獣じみた悲鳴をあげ、腕の中でしたたかにのけぞった。

「な、なにこれ？　やばい……よすぎる……あんた本当に童貞なのおおおっ……」

ちぎれんばかりに首を振り、金髪の髪を振り乱した。その髪が顔にあたり、背中には爪が食いこんでいたけれど、今江の腰使いは熱っぽくなっていくばかりだった。浅く、浅く、深く……浅く、浅く、深く……緩急をつけて抜き差ししては、腰をまわして奥を掻《か》き混ぜる。息をするのも忘れてむさぼるように腰を使い、興奮に熱い脈動を刻んでいる性器と性器を摩擦させる。

「あああああっ……いいいっ……すごいいいいいっ……」

半狂乱になったユリがハンガーラックにかかったカーテンをつかみ、引きずり落とした。隣の布団で、高蝶が今江と同じように正常位でマキと繋がっていた。窓から差しこんでくる外灯の光が、滑稽《こっけい》な動きで上下している高蝶の尻を白く輝かせた。今江の尻も、高蝶からは同じように見えただろう。

今江と高蝶は真っ赤になって顔をそむけあった。あまりの気まずさに二度と視線を向けることができず、ムキになって腰を使った。クライマックスに向けて大慌てで神経を集中させ、射精への階段をがむしゃらに昇っていった。

一方の女たちは、堂々としたものだった。ユリにしろマキにしろ、男の腰に脚をからみつけて、よがりによがった。絶頂の声さえ重ね合わせて、女に生まれてきた悦びを心ゆくまで謳歌《おうか》していた――。

「……いい子たちだったな、まったく」

＊

今江はベッドに腰かけ、酒を飲んでいた。ボトル半分ほど残っていたはずのバーボンが空になってしまった。

ワークデスクの上のPCは、もう電源を落としてあった。仕事の納期が迫っていたが、とても女性器にモザイクをかける気分にはなれない。立ちあがり、キッチンの棚から新しいバーボンのボトルを取りだした。氷がなくなってしまったので、ストレートで飲むと喉が灼《や》け、ひりひりした神経をアルコールが甘く痺《しび》れさせた。

図らずも4Pもどきの破廉恥《はれんち》なことになってしまったけれど、ユリとマキと過ごしたあの夜のことは忘れられない。

あのとき、ユリの中に果たした射精は会心の射精だった。

下半身が爆発したような衝撃があり、頭の中が真っ白になった。

すべてを吐きだしたあとは、お互い淫らな汗にまみれたまま抱きあって眠った。高蝶の部屋には風呂がついていなかったから、汗を流すこともできなかったのだ。

それでもあれほどの深く充実した眠りは、東京に来てから初めてだった。いや、物心ついて以来かもしれない。

だが……。

ふたりとの出会いは、今江と高蝶にとって運命の扉だった。

決して幸福とは言えない悪い意味でドラマチックな未来が、彼女たちとの熱い情事の先に口を開けて待っていたのである。

＊

翌朝眼を覚ますと、四人で近所のコインシャワーに行った。前夜の残滓《ざんし》が残る体を、熱いシャワーで洗い流した。その帰りにコンビニで調達したおにぎりやサンドウィッチが、約束の朝食になった。ユリもマキも文句を言わず、笑顔で食べていた。本当にいい子たちだった。

「ねえねえ、お兄さんたち……」

食事を終えると、ユリが切りだした。

「うちら東京で仕事探してるんだけど、なんか心当たりない？」

「うーん。なくもないけど、どういう仕事が希望かな？」

高蝶は自分も同類であることなどおくびにも見せず、俺にまかせろと言わんばかりに胸を張った。

「なんでもいいの。お金ががっぽり稼げて、住むところがついてて、できれば超楽なやつ」

「ハハハッ、そんなのフーゾクしかないだろ」

高蝶が呆《あき》れて笑うと、ユリとマキは真顔で眼を見合わせた。

「やっぱそうだよねえ……」

「もういいんじゃないの、フーゾクで」

ふたりの態度が満更でもなさそうなので、今度は高蝶と今江が顔を見合わせた。

「いいのかよ、フーゾクでも」

「だって他にないでしょ？　楽して儲かる仕事なんて」

「そりゃそうだけど……」

「お兄さんたち、探してきてよ。うちら茨城だから、東京のこと全然わかんないし」

茨城かよ、と今江は内心でずっこけた。昨日の夜、彼女たちに感じた都会の匂いはなんだったのだろうと思った。しかし、それもまた都会なのだろう。田舎者が田舎では解放できない欲望を解放し、極彩色に夜を彩る。

「探してって……まあ、いいけどさあ……」

高蝶が今江を見て苦笑いする。今江も苦笑いを返した。図々しい頼みと言えば頼みだったが、それはお互い様だ。彼女たちには、このボロアパートに連れこんで、いい思いをさせてもらった借りがある。会心の射精のお礼がコンビニのおにぎりとサンドウィッチだけでは、いくらなんでも男として情けなかった。それに、自分たちの仕事探しを明日からにすれば、暇だけは腐るほどあり余っていた。

女ふたりをアパートに残し、今江と高蝶は街に出た。

高蝶にはあてがあるようだった。

「前に遊んだことがあるヘルスが高田馬場《たかだのばば》にあるんだ。そこの看板に『コンパニオン募集』って書いてあって……いや、そんなのどこだって書いてあるんだろうけど、その店はけっこう立派な造りでさ、個室も綺麗だったから……やっぱ紹介するなら行ったことのある店のほうがいいじゃん。ヘルスなら口でするだけだし、ソープやホテトルと違って本番まではしないしさ。あの子たち初心者だから、そのほうがいいだろ……」

電車を乗り継いで高田馬場に向かい、線路沿いの歓楽街で目当ての店を探した。スナックやクラブの入った雑居ビルの五階にその店はあり、エレベータを降りたすぐ正面が店の扉だった。ひどく狭いエレベータホールに、電源の抜かれた看板が置かれていた。たしかにコンパニオン募集と書かれていたが、十二時オープンとも書いてあった。まだ午前十時過ぎだったから、営業開始となれば、看板は下の道路に運ばれるのだろう。

「どっかで時間潰してきますか?」

今江が言うと、

「うむ」

高蝶は渋い顔で腕組みをした。

「でも中に誰かいるんじゃないか?」

「声かけてみましょうか?」

「そうだな。話するなら営業前のほうがいいかもしれん」

扉の前でコソコソ言いあいながら、今江は高蝶がひどく緊張していることを察した。もちろん、今江も同様だった。もっとはっきりビビッていたと言っていい。フーゾクを取り仕切っているのは普通に考えてまともな人間ではないし、下手をすれば極道だ。

普段の高蝶なら、剛胆であることを誇示するため、みずからさっさと声をかけただろう。しかし、かけない。ビビッてるんですか? と冗談にも言える雰囲気ではなく、見栄坊の先輩に恥をかかせないためには、自分で声をかけるしかないと、今江は腹を括《くく》った。

「なんすか？」

そのとき、不意に店の扉が開き、男が顔をのぞかせた。

「人んちの店の前で、なんか用？」

「あ、すいません……」

頭をさげた高蝶が内心で安堵の溜息をもらしたのを、今江ははっきりと感じとった。店から出てきたのが、あどけない顔をした二十歳そこそこの若い男だったからだ。頭は丸刈りで、足もとはビーチサンダル。よれたタンクトップに短パンという、昆虫採集に出かける小学生のような格好をし、ピアスや刺青《いれずみ》もしていなかった。

「実はその、友達で働きたいって女の子がいまして……店長さんいますか？」

高蝶が切りだすと、

「俺が店長だよ。女の子、どこにいんの？」

男はわざとらしく視線を泳がせた。そんなことをしなくてもエレベータホールは一望できる狭さだったから、露骨な嫌味だ。顔立ちはあどけなくても、やはり世間の裏街道を歩いている人間らしく、威圧感があった。

「いまは一緒じゃないです。呼べばすぐに来ますけど」

「じゃあ、呼んできて。来る前に一本電話くれると助かるわ」

男はこなれた感じで言うと、メモ用紙に携帯電話の番号と「ワタナベ」と名前をメモして高蝶に渡した。

三十分後、タクシーの着払いで呼び寄せたユリとマキを連れ、再びワタナベに会いにいった。

「へええ、なかなかいい子たちじゃないの」

ワタナベはふたりの女を気に入り、話はトントン拍子に進んだ。待遇も勤務体制も、ユリとマキが納得のいくものだったようだ。店の寮にその日から入れると言われたふたりは、破顔して喜んだ。

「あ、ちょっと待って」

帰り際、今江と高蝶はワタナベに呼びとめられた。女ふたりを先にエレベータに乗せると、一万円ずつ渡された。

「クルマ代、とっといてよ。またあのレベルの女の子連れてきてくれたら、もっと渡してもいいけどさ」

「もっとって？」

高蝶が食いついた。

「具体的にどれくらい貰えるんです？」

「なんだい、兄さん、やる気満々だねえ」

ワタナベは笑った。笑うとやはりあどけない顔立ちになった。

「もしかして、あんたらも仕事探してんの?」

「まあ、そんなところです」

「女の子のレベルにもよるし、業種にもよるけど……スカウトしてくりゃ売り上げの一割がバックされんのが相場だよ。いまのふたりなんて、毎日出勤できるって言ってたから、月収百万だって夢じゃない。そうしたら、十万のバックがある」

「それって毎月?」

「そうだよ、おいしいだろ? やってみるかい? まあ、本職じゃないから一割きっちりのバックは厳しいかもしれないけどね。とにかく裸の仕事できる女の子捕まえてくれば、それなりの金にはなるよ。本番ありのソープや、顔出しOKのAVってなれば、当たり前だけどグーンと単価が跳ねあがる。俺、ヘルスだけじゃなくていろんなところに顔が利くから……」

新人ふたりが入店を決め、機嫌がよかったのだろう。ワタナベは裏稼業の仕組みを、軽口でも言うように話してくれた。

彼の元をあとにした高蝶は、興奮しきっていた。それはもう、あからさまに鼻息を荒らげ、唾を飛ばしながら今江に言った。

「おいおいおい、俺たちにもようやく運が向いてきたぜ。これだよ、これ。スカウトやって大儲けしようじゃないの。十人スカウトすりゃ、それだけで黙っててても月に百万ってことだろ？　こんなおいしい商売ほかにないって」

「はあ……」

今江は曖昧《あいまい》な笑みを返すことしかできなかった。

たしかにおいしい商売だと思ったたし、女をナンパしていればいいのだから、楽しいに違いない。とはいえ、ナンパはこのひと月、連戦連敗。ユリとマキにしてみても、こちらがナンパしたというより、向こうから声をかけてきたのであり、自分たちから率先してフーゾクの仕事を志願したのである。見知らぬ女をナンパして、裸の商売をやらせる自信など、今江にはまったくなかった。

しかし、高蝶は本気だった。

美容室で小綺麗に髪を整え、クレジットカードで服を新調すると、今江にも同じことをするように強要し、街に繰りだした。ワタナベに電話して、スカウトの仕事をやりたいと伝えると、東京都条例によって、繁華街で路上に立って女に声をかけるスカウト行為は禁じられていることを教えられた。そこで、いままでのナンパと同じ要領で街を流しながらピックアップしたり、バーなどの飲み屋で声をかけたり、携帯電話の出会い系サイトなども積極的に利用して女と知り合いになった。

その結果、ひと月で五人の女をヘルスに送りこみ、AV女優までひとり誕生させることに成功したのだった。その女がアイドル並みのルックスで単体女優として売れたことから、百万単位の金が転がりこんできた。

ビギナーズラックとは恐ろしいものである。

それほどの幸運に恵まれたことは後にも先にもなかったから、最初のひと月でひとりも女が捕まえられなければ、スカウトの仕事などあっさり諦めていただろう。大金が転がりこんできたことで、高蝶の眼の色は完全に変わった。

「フーゾク予備軍を見分けるコツはよう、頭のユルそうな女を選ぶことだよ。ぼんやりした子な」

そんなことを得意げに言っていた。

「俺らいままで、ちょっと高めの女を狙いすぎてたんだよ。ナンパの極意は、ファッションセンスがチグハグだったり、店に入ってもなかなかメニューを決められないような子を狙い撃ちするもんなんだって。そういう子なら、ぼんやりしてるうちに裸になってくれるから」

実話雑誌の受け売りだったが、効果は抜群だった。もちろん、金を稼ぐというモチベーションのあるこちらも、連戦連敗のころとは本気度がかなり違ったが、それにしても、ぼんやりした子にターゲットを絞ってからというもの、ナンパの成功率は急上昇の右肩あがりだった。

アゲアゲな毎日が訪れた。

女をひっかけ、言葉巧みにフーゾクの道へ誘いこみ、堅気の仕事では考えられない大金を得る。はっきり言って快感だった。色と欲にまみれ、我を失って女の尻を追いかけまわしていたが、逆に言えば我を失うほど面白かったということだ。一日中異常なハイテンションで、ナンパをして金を稼ぎ、稼いだ金で遊びまわってまたナンパをする。寝る間が惜しいと生まれて初めて思ったし、夢の中でまで女を口説いていた。

しかし結局、今江がそんな暮らしをしていたのは一年ほどだった。ある出来事をきっかけに、スカウトマンの真似事からすっぱりと足を洗った。

それ以来、高蝶とも会っていない。

別れる間際の高蝶は、金に眼がくらんだ鬼畜そのものだった。女をフーゾクに堕《お》とすためなら、手段を選ばなくなっていた。あのままの調子で仕事を続けていれば、命のやりとりに発展するような修羅場にもぶち当たったことだろう。女やその家族に、殺意を抱かせるような恨みを買っていた可能性だって高い。

「殺されたっておかしくねえよ、あの人は……あんなことやってたら……」

今江はバーボンの酔いで赤く濁った眼でつぶやいた。

あのころのことを思いだすと、いつだって鬱々《うつうつ》とした気分になる。二十二歳、上京してからの一ヵ月は、掛け替えのない青春の一ページだ。しかしそれに続く一年間で、青春のブルーは欲にまみれたドス黒い色に塗り潰された。できることなら記憶から抹消し、なかったことにしてしまいたいくらいだ。

電話が鳴った。

メールの着信音だ。

携帯電話の液晶パネルには、意味のない英数文字の羅列であるメールアドレスがぶっきらぼうに表示されていた。またもや知らない相手からの連絡らしい。

今江はうんざりしながら携帯電話を開いた。

息がとまった。

差出人不明のメールには、ただひと言、こう記されていた。

〈次はおまえの番だ〉

第二章　残された罪

今江は慌てて小鳩早紀の着信履歴を画面に呼びだし、電話をかけた。先程いささか冷たく電話を切ってしまったので、その報復の嫌がらせメールだと思ったからだ。

しかし、電話は素っ気ないコール音を繰り返すばかりで、やがて留守番電話に切り替わり、今江は舌打ちして携帯電話を閉じなければならなかった。

〈次はおまえの番だ〉

いったいどういうつもりで、早紀はそんなメールを送ってきたのだろう？

「殺されたのかもしれない……」

という彼女の言葉が耳底に蘇ってくる。キナ臭い言葉を無視した腹いせに、悪意をもって打った言葉か？　あるいは善意による忠告なのか？　高蝶が殺されたとすれば、次は今江が殺される番だから、気をつけろとでも言いたいのだろうか？

もちろん、早紀ではなくまったく別の人間が送ってきた可能性もある。腋の下がひどく汗ばんでいることに気づき、今江はTシャツを替えた。部屋の暖房が効きすぎていたし、バーボンを飲みすぎたせいで体が熱をもっていたが、それにしても異常な量の汗だった。

身に覚えがあるからだ。

高蝶が殺意を抱かせるほどの恨みを買っていたとすれば、今江にしても同様だろう。嘘八百で騙《だま》したり、嫌がる女を脅《おど》したり、そういうことはしなかったつもりだ。あくまでこちら側からの見方だけれど、仕事の内容にしろ、条件や待遇にしろ、できる限り細かく説明して女に仕事を斡旋《あっせん》した。

しかし、斡旋したのはフーゾクだ。

主にファッションヘルスやデリバリヘルスと呼ばれるオーラルセックスで射精に導く業種で、そのほかにピンサロ、性感マッサージ、ソープランド、AVと、裸で稼ぐ仕事はたいていカヴァーし、騙しや脅しはしなくても、甘い言葉で背中を押した。断れない雰囲気をつくるために、死にもの狂いにだった。

「東京ってさ、金がなけりゃあなんにもできないじゃん。でも逆に、金があればなんでもできるんだよね。考えてごらんよ、ちょっと我慢して会社帰りに週に三日、ヘルスでバイトすればさ、月に二十万は余裕で稼げるよ。どうする？　ここに二十万あったら。バッグが欲しい？　買えるよ、ヴィトンでもプラダでも。服だってアクセだって、好きな物が買える。我慢することないんだ、来月また二十万入ってくるんだから。だいたい、ヘルスなんてソープなんかに比べれば気楽なバイトだよ、本番やらないんだから、キャバ嬢に毛が生えたようなもんだって……」

そんな台詞を、いったい何度繰り返したことだろう。

本番を行なわなくても、見知らぬ男の前で裸になる仕事だ。生理的に受けつけない相手でも、一緒にシャワーを浴び、乳房や性器を好き放題にもてあそばれなければならない。ディープキス、全身リップ、アナル舐め、フェラチオなどがレギュラーのプレイで、オプションとして、口内発射や顔面射精、オナニーを鑑賞させたり、小水を飲ませることまである。気楽なバイトのわけがない。

ユリやマキのように、「やっぱ楽して稼ぐにはフーゾクしかないよね」という、あっけらかんとしたタイプの女もいた。「わたし、マジで借金でやばいから、稼げるんなら本番ありのソープでもいいです」と向こうから言いだされたこともある。

けれども大半は、ぼんやりした女の心の隙をついた。

高蝶や今江に言いくるめられるままヘルスの仕事を開始した彼女たちは、その後、どうなっただろう?

当時はなにも考えていなかったけれど、あとから行く末を案じてぞっとしたものだ。自分たちのようなにわかスカウトマンの口車に乗り、フーゾクの仕事を始めてしまうようなぼんやりした女はきっと、店でもいいようにコキ使われるだろう。売り上げをピンハネされたり、ヘルスなのに客を呼ぶために本番を強要されたり、スタッフの慰み者にされたり……店で知りあった客に口説かれ、いつの間にかヒモを養うことになっていた、なんていうことだってあるかもしれない。

ぼんやりした女は、いつでもどこでも誰かのカモだ。うっかり門をくぐったホストクラブでやり手のホストに捕まり、闇金で借金を背負わされてしまう可能性だってある。体を売るばかりの生活に嫌気が差し、自暴自棄になれば、イリーガルな薬物の誘いが待っている。

そういった地獄めぐりに向けて、背中を押してしまったのだ。

メチャクチャになってしまった自分の人生を彼女たちが振り返ったとき、幸福と不幸の分岐点に立っているのは、高蝶と今江だ。恨むなと言っても無理な相談だろう。恨むに決まっている。

いや、恨みと言えば……。

フーゾクの道に堕とした女たちより強く、自分を恨んでいる者がいた。高蝶のことはもっと恨んでいるだろう。それこそ、殺しても足りないほどに。

当時今江の恋人であった仙川菜穂子《せんかわなほこ》だ。

「ふうっ……」

今江は深く眼をつぶり、首を振った。菜穂子のことは思いだしたくなかった。思いだすことを心が拒否し、動悸が乱れ、息が苦しくなってくる。

とても眠れそうになかった。

時刻は午前五時少し前。もうすぐ夜明けだ。寝酒をたっぷり浴びたはずなのに、眼は冴えていくばかりで、今江はベッドから抜けだした。

PCを立ちあげ、ネットに繋ぎ、フーゾク店のリンク集にアクセスしてみる。池袋、高田馬場、新宿、渋谷……当時の立ちまわり先を中心に、覚えている店の名前を探す。

フーゾク店ほど開店閉店のサイクルが速く、人の出入りが激しい業種はない。経営者や在籍するコンパニオンが変わらなくても、店の名前だけ変えたりすることも日常茶飯事である。

なにしろ五年も前の話だった。記憶に残っている店の名前は二十や三十はあるはずなのに、見つかったのはたったの三軒。オフィシャルホームページにアクセスしても、知っている女の顔や名前は見当たらなかった。

安堵と不安がない交ぜになった、なんとも複雑で落ち着かない気分になった。みんな無事にフーゾクから足を洗ってくれたのだろうか？　ならばいい。しかし、フーゾク産業の向こう側にある闇に足をからめとられてしまったとしたら、やりきれない。

短い睡眠を切れぎれにとっているうちに深い眠りに落ち、眼を醒ますと夕方だった。

小鳩早紀に電話をかけたが、やはり素っ気ないコール音のあと留守番電話に切り替わっただけだった。

田舎の友人に電話をかけ、高蝶の死について訊ねてみようかと思ったが、すぐにやめた。長らく没交渉なので電話をかけること自体が気まずいという理由もあったけれど、田舎の人間は、高蝶が東京でなにをやっていたか知らない。たとえ親兄弟に訊ねても、ニュースで知り得た情報以上のことを教えてもらえるとは思えなかった。

街に出た。風が冷たかった。十月の終わり。うんざりするほど暑い夏がようやく過ぎ去ったと思ったら、急速に秋が深まってきた。

普段はコンビニに行くくらいだが、アメヤ横丁を抜けて御徒町の駅に向かった。途中、洋服屋の店先に飾られていたサングラスが眼にとまり、伊達《だて》メガネを買った。鏡をのぞきこむと、少しだけ別人になった自分と眼が合った。

電車に乗るのは久しぶりだった。向かう先は、もっと久しぶりだ。

新宿歌舞伎町。

あるきっかけで五年は足を踏み入れていない。高蝶と縁を切り、スカウトマンもどきの生活から足を洗って以来……正確にはその半年ほど前から、今江にとって鬼門になっている街だった。

＊

「俺は考えたんだよ、新しいスカウトの方法をさ……」

歌舞伎町が鬼門になる少し前、高蝶がニヤニヤ笑いながら言ってきた。

「ド素人の女を捕まえて、イチから説得するよりさ、セミプロみたいな女を口説いたほうが早いんじゃないかってな」

「セミプロってなんすか？」

今江が訊ねると、

「キャバ嬢だよ」

高蝶は得意げに胸を張った。

「なんでも最近は、キャバクラも格差社会で、売れてる子と売れてない子がはっきり分かれてるらしいんだな」

「また、実話雑誌の受け売りですか？」

「いいから聞けよ。売れてない子は全然稼げなくて、美容室とかドレス代とか経費ばっかりかかって大変らしいんだよ。となると、次はフーゾクで稼ごうかなあって女もたくさんいそうじゃんか。水商売やってるってことは、フーゾクへのハードルも低そうだし」

「でも……」

今江は首を傾げた。

「そういうのって、引き抜きになるんじゃないですか？　店が黙ってないですよ」

「キャバクラからキャバクラにスカウトするなら引き抜きだろうけど、キャバからヘルスなら問題ねえんじゃねえ？　別業種なわけだしさ。キャバ嬢を八百屋の仕事に誘ったって引き抜きにはならんだろ？　ええ？　違うか？」

そういうものか、と今江は思った。

要するに、なにもわかっていなかったのだ。ワタナベの下請けとして素人の女を調達していただけの高蝶と今江には、業界の掟《おきて》を教えてくれる仲間も先輩もいなかった。世の中にスカウト会社というものがあり、繁華街を取り仕切る極道と太いパイプで繋がっていることなど、知る由もなかったのである。

キャバクラに飲みにいき、席に着いた女に片っ端から「フーゾクの仕事に興味ない？」と訊きまくった高蝶と今江は、店を出た途端、黒いスーツを着た男たちに事務所に連れこまれ、凄惨なリンチを加えられた。高蝶の喧嘩自慢など話にもならなかった。暴力にもプロというものが存在するのだということをまざまざと見せつける容赦ないやり方で、寄ってたかって袋叩きにされ、事務所の物置に監禁された。

「山に埋めるか海に沈めるか相談してくるから、おとなしく待ってな」

という捨て台詞を残して、真っ暗闇の物置に閉じこめられると、高蝶は恐怖のあまり泣きだした。今江は失禁していた。腕を拘束してあるガムテープが幸運にも剝がれ、逃げだすことができなければ、本当に殺されていたかもしれない。

「本気で殺すつもりなんかあるわけねえよ。俺らが逃げるのを見越して物置に閉じこめたんだって」

と高蝶は強がりを言っていたが、今江には彼らの殺意は本物にしか思えなかった。

そんな禍々《まがまが》しい記憶のある街に足を踏み入れる目的は、かつて自分がスカウトした女が、歌舞伎町で働いていることを突きとめたからである。

インターネットは情報の宝庫だった。それはもう、恐ろしいくらいに。フーゾク店の開店閉店は頻繁で、女の子の出入りも激しい。だが、そうなると逆に、追跡したいという欲望も生まれるらしく、悪名高い『2ちゃんねる』を始めとしたいくつかの匿名掲示板で、フーゾク嬢の足取りを追うことができた。

「潰れたAという店のBという女が、今度はCという店で働きはじめた」という類の噂が、まことしやかに書きこまれていたのだ。裏のとれないいかがわしい情報ではあるものの、一種異様なリアリティが感じられた。

その情報によれば、かつて今江と高蝶がスカウトし、「藤崎ミユキ」という芸名でAVに出演していた女が、歌舞伎町のコスプレ性感ヘルス「ぷにゅぷにゅコスプレ倶楽部」で「ミユ」という名前で働いているらしい。他にもいかがわしい情報は多々あったが、彼女は店のホームページで顔出ししており、今江はその顔を覚えていた。

忘れもしない、ビギナーズラックの女だった。

マキとユリをヘルスに紹介したことが、スカウトマンもどきの生活を始めるきっかけであったとすれば、彼女を街でナンパし、藤崎ミユキとしてAV出演させたことが、女衒《ぜげん》稼業に本腰を入れる決定打となったのである。

靖国通りを曲がり、さくら通りに入った。

喧噪が緊張を運んでくる。伊達メガネをしていても、店の前に立つ眼つきの鋭い男たちの視線が怖い。

もう五年も前の話だ、と必死で自分に言い聞かせた。スカウトをするわけでもなく、偶然を装って女に接すれば、何事も起こるわけがない。

それでも、かつて受けた容赦ない暴力を思いだすと、足がすくんだ。自分の顔を知っている男に見つかれば、再び袋叩きにされるリスクが皆無とは言えない。そうまでして、女に会いにいく必要があるのか、ともうひとりの自分が言う。

しかし、昨夜、小鳩早紀から電話を受けて以来の、胸がもやもやする気持ちの悪い感じを、少しでも晴らしたかった。

歌舞伎町での一件があって以来、高蝶は仕事の比重をフーゾクからAVに傾けようとしていた。だから、かつてAV女優であった藤崎ミユキと話をすれば、最近の高蝶の動向について少しは情報を得られるような気がしたのだ。〈次はおまえの番だ〉というメールを涼しい顔で無視することが、どうしてもできなかった。

「番号札八番のお客さま、お待たせしました」

黒服のボーイが待合室のカーテンを開けて言い、今江はソファから立ちあがった。

「ぷにゅぷにゅコスプレ倶楽部」はさくら通りの中程に位置する雑居ビルの三階にあり、個室の数が八から十といった規模の店だった。かなり繁盛しているらしく、今江は待合室で三十分以上待たされた。

個室に通されると、

「ミユでーす。よろしくお願いしまーす」

中で待っていた女がペコリと頭をさげた。アニメ『新世紀エヴァンゲリオン』の登場人物、惣流《そうりゅう》・アスカ・ラングレーのコスチュームに身を包んでいた。全身タイツに似た真っ赤なプラグスーツ、頭にはオレンジ色のウイッグ。受付でコスプレのメニューを見せられたので、今江が適当に選んだ衣装だった。

「ふふっ、アスカって名乗ったほうがいいかしら？『あんた馬鹿ぁ？』なんて」

ミユがはしゃぎながらアニメの登場人物を真似たので、

「いや……」

今江は苦笑してベッドに腰をおろした。

「べつに、特別アスカの大ファンってわけでもないんだ」

「そーなんですか……」

ミユが残念そうな顔で隣に腰かけてくる。距離が近く、息がかかる。

「でも、この衣装可愛いですよね？　あたし、大好き」

光沢のある生地が体にぴったりと張りついているので、プラグスーツのコスプレはなかなかにエロティックだった。フーゾク店で使用するための特別製なのか、胸のふくらみがやけに強調され、股間ではこんもりした恥丘の形状まで露わになっている。ある意味、全裸でいるよりいやらしい。

今江は眼のやり場に困り、意を決してひと芝居打った。

「あれ？　あれれ？」

わざとらしく声を跳ねあげ、ミユの顔をのぞきこむ。

「もしかしてキミ、藤崎ミユキって名前でAV出てなかった？」

「えへへ……」

ミユは童顔のふくよかな頬《ほお》を輝かせた。

「お客さん、マニアックですねえ。わたしのこと知ってるなんて」

「でもけっこう売れたじゃない？　二十本くらい出演した？」

「五十本は出たかな。一年以上も前に引退したのに、まだAV女優の藤崎ミユキを探してこのお店に来る人いるんですよ。嬉しいんだか、恥ずかしいんだか」

今江はふうっと息を吐きだし、伊達メガネをはずした。

「俺のこと、覚えてないかな？」

ミユが首をかしげる。

「藤崎ミユキを……スカウトしたんだけど……」

「ああっ！」

ミユが眼を丸くして大声を出したので、今江はあわてて唇に人差し指を立てた。

「ごめん、ごめん、驚かせて。偶然なんだ。たまたまこの店に入って、指名写真で好みの子を探したら、キミだった。ハハハ、人の好みって変わらないもんだな。昔も好みの子を路上で捕まえたら、キミだった……」

ミユはまだ、驚愕に眼を見開いている。アニメのコスプレで客を迎えたハイテンションが一気に急降下し、沈黙が訪れた。天井のスピーカーから響いてくる古くさいユーロビートだけが、やけにうるさい。

「……イマイさん、だったっけ？」

「今江だよ」

「そうだ、思いだした。うまいことばっかり言ってた人だ。わたしがタレント目指してるって言ったら、いったんAV女優になって名前を売れば、タレントになる道も拓けるかもしれないとかなんとか言って……」

今江は気まずげな苦笑を浮かべるしかなかった。当時、ＡＶ女優出身のタレントがバラエティ番組で人気を博しており、それになぞらえて口説いたのだ。

「わたしも馬鹿だったよ。そんなことあるわけないのにね。ＡＶ女優の行く末なんて、いいとこストリップ、それかフーゾク。結局、裸。テレビに出るタレントになんてなれるわけないじゃん」

わかっていたことだが、ミユの視線が痛かった。

ＡＶの世界に足を踏み入れていなければ、彼女はタレントになれただろうか？　正直、可能性は低いだろう。しかし、ゼロではない。限りなくゼロに近くても、実力以外の理由で閉ざされた未来は輝いて見えるものだ。ＡＶにさえ出なければ、と彼女はいつも思って生きているのだろう。

再び沈黙が訪れた。

ミユは拗《す》ねた少女のように唇を突きだして今江を睨んでいた。その視線から伝わってくるのは恨みというより猜疑心《さいぎしん》だった。

今江は気まずげに苦笑すると、卑屈な上目遣いでミユを見た。

「いや、その、ここに来たのはホントに偶然だから……スカウトからもとっくに足を洗ってるし……だから、店の人に言ったりするのはナシな。勘弁してくれよ」

「べつに……言わないよ……」

ミユはうつむいて唇を噛みしめている。今江にスカウトされてからの五年間が、走馬灯のように頭の中を駆け巡っているのだろうか？　五十本のＡＶに出演して、フルヌードからありとあらゆる恥ずかしいポーズ、オルガスムスの表情まで世間にさらし、歌舞伎町のコスプレヘルスに流れついた五年間が、明るく楽しい道のりだったわけがない。

「……どうするの？」

ミユは横顔を向けたまま、枕元の時計を顎《あご》で指した。早くしないと、プレイの時間がなくなるという意味だ。プレイ時間はミニマムの三十分で、残り時間はあと二十分。

「するのか、しないのか、はっきりしてくれませんか？」

「いや、まあ……そんな気分じゃなくなっちゃったよ……」

今江は苦笑した。

「煙草《たばこ》、持ってない？」

「あるけど……」

ミユはピンクのタオルがかかったバスケットからマールボロを取りだし、火をつけてくれた。久しぶりの煙草だった。三年ほど前、苦労して禁煙したのだが、この気まずい雰囲気をやり過ごす小道具を、煙草以外に思いつかなかった。

「あたしも吸っていい？　ホントはいけないんだけどさ」

「いいよ。吸いなよ」

ミユもマールボロに火をつけた。ふたりで紫煙を吐きだしていると、三畳にも満たない狭いプレイルームはみるみる煙に占領されていった。

ミユは押し黙っている。言いたいことをこらえているのが伝わってくる。本当はこの煙ほども罵倒の言葉を吐きたいのだろうと思うと、今江は胸が押し潰されそうだった。しかし、いつまでも黙っているわけにはいかない。ここに来た目的をまだ果たしてない。

「高蝶って覚えてる？」

小声でうかがうように言うと、

「一緒にスカウトしてた人でしょ？　背の高い」

ミユはつまらなそうに言った。

「そうそう、彼についてなにか知らないかな？　古い友達なんだけど、実はもう五年くらい会ってなくてね。どうしてるんだろうって思って」

「二年くらい前だったかな……」

ミユは吐きだした紫煙を眼で追いながら言った。

「突然会いに来て、今度タレント事務所つくるから、移籍してくれなんて言ってきたなあ。あたしもう引退スケジュールだったから、相手にしなかったけどね」

なるほど、と今江は思った。自分が偶然ここに来たと言っても、彼女の猜疑心が晴れなかったわけだ。

「よくわかんないけど、あの人、業界でものすごく評判悪いよ。いろんな現場に顔突っこもうとしてはウザがられてるって話、聞いたことあるし……」

「……そうか」

今江は紫煙を吐きだすこと以外にできなかった。

ミユも言葉を継がない。

あまり早々に部屋を出ていくのも不審に思われそうで、今江は三十分のプレイ時間を消化するまで部屋にいた。これほど長い三十分というものを、いままで経験したことがなかった。

「ぷにゅぷにゅコスプレ倶楽部」をあとにした今江は、それから高田馬場と池袋で二店のフーゾク店をまわった。ネットで拾った噂によれば、かつてスカウトした女が働いているはずだったが、いずれも空振りに終わった。

他に三十人以上いる女たちと同様、消息不明になったわけだ。

藤崎ミユキのように、少なくとも表面的には明るくフーゾクの仕事をこなしているのはひとりだけで、残りはすべて闇の中。生きているのか死んでいるのかさえ、わからない。ささやかな金のためにフーゾク産業に従事していた過去を隠し、どこかでしぶとく生きていてくれることを祈るしかないが、生きていれば誰かを恨むこともあるだろう。怨恨《えんこん》が狂気と結びつけば、なにが起こるかわからない。

今江は深夜の路上をあてもなく歩いた。過去を吸いこむブラックホールのような、闇の深さに身をすくめていると、携帯電話がヴァイブした。

小鳩早紀からだった。


「ごめんなさい。何度も電話もらったみたいで……携帯の電源が切れてるのに気がつかなくて、いまやっと充電したところ」

「昨夜の電話のあと、メールをくれたかい？」

今江は単刀直入に切りだした。

「それが気になって何度も電話をかけたんだ」

「メールなんて……してないけど」

「……そうか」

「どんな内容なの？」

「あんまり嬉しくない内容だな。脅し文句みたいな……」

「わたしじゃないわよ」

「まあいいや……」

今江は声音を変えた。

「昨日はぞんざいに電話を切っちまって悪いことをした。さすがに混乱してたんだ。高蝶が殺されたって話、詳しく聞かせてくれないか？」

メールの差出人が早紀ではないのなら、ますます高蝶の最近の動向が気にかかる。藤崎ミユキの話から推し量れば、トラブルを抱えていた可能性が大いにある。

「理由はふたつあるんだけど……」

早紀は冷静な口調で言った。

「ひとつはクルマの運転。高蝶って、異常なくらい安全運転する人だったでしょう？　ものすごく恐がりで」

「そうだな」

今江はうなずいた。

「あの人のノロノロ運転には、いつだって往生させられた。後ろが渋滞しても、絶対にアクセルを踏みこまないんだ」

「でしょう？　そんな人が高速道路で二百キロも出して自分からガードレールに突っこんだなんて、ねえ？　ちょっと信じられない。おまけにね、わたしたちはこれから絶対に儲かるビジネスを始めるところだったの。彼が自殺をするような精神状態じゃなかったことは確か」

「絶対に儲かるビジネス？　なんだいそれは？」

「……ごめんなさい」

早紀は不意に声を曇らせた。

「いまは言えない」

「殺されたって話とは関係ないのか？」

「いずれ話すかもしれないけど、いまはノーコメント」

今江は苦笑した。

「じゃあ、とりあえず話を先に進めてくれ」

「もうひとつの理由はね、わたしのマンションに、誰かが侵入した形跡があるの」

「んっ？　なぜ警察に通報しない？」

「被害がないからよ」

　早紀は言った。

「なにも盗まれていないし、壊されてもいない。ただ、化粧品が入ってる引き出しとか、ジュエリーケースとか、使ってない食器が入ってる棚とか、そういうところを漁られた形跡があって……はっきりとじゃないのよ。引き出しを引っ繰り返されてるとかそういうんじゃなくて、物が置かれてる位置が微妙に記憶にある位置とずれてて……」

「心当たりはあるのかい？」

　今江は訊ねた。「絶対に儲かるビジネス」と関係がありそうだったが、ひとまずそれには触れないでおく。

「ない、としか言えない……」

「住んでたのはあんたひとり？」

「ええ。高蝶はほとんどうちに入り浸りだったけど、自分でも近所にマンションを借りてたの。実はわたし、この三ヵ月くらい東京にいなかったのよ。で、帰ってきたら、高蝶が死んでた。彼が借りてたマンションは、わたしが東京に戻ってきた時点で、もう片づけられてたから、たぶん親族が来て後始末をしたんだと思う」

「合い鍵は渡してあったんだろう？」

「彼って鍵を持ち歩くの嫌いだったじゃない?」

「……そうだったかな」

「そうよ。うちの鍵もポストに入れてあって、それでいつでも出入りはできるようにはなってた。おかしいのよね、彼。ポストに鍵なんて雑なことやってるわりには、いちいち茶封筒にしまうのよ」

たしかにそんな癖があった、と今江は思いだした。椎名町の雨月荘でも、ダイヤルロックのない郵便箱に同じように隠していた。

「その鍵を使って、わたしの留守中も、彼が部屋に来てたことは間違いないの。でもね、彼が絶対に触りっこないところがいじられてる」

「いや、しかし……」

今江は唸った。

「それだけで誰かに侵入されたって疑うのは、無理がないか? あの人がなにかを探してたって考えるほうが、自然だ」

「違うの、絶対」

早紀の冷静な声に初めて力がこもった。

「信じてよ、わたしの話。そういうのってあるじゃない? 自分が仕舞ったのと、物が微妙にずれたところにある、気持ちの悪い感じ……」

　今江にはなんとも言えなかった。たしかにそういうことはあるかもしれないが、気のせいである場合も多いだろう。

　それよりも、「絶対に儲かるビジネス」という胡散《うさん》臭いキーワードや、彼女が三カ月も東京を離れ、離れている間に高蝶が死んでいたという事実のほうが気になった。言いようのない、嫌な感じを覚えてしまう。

「高蝶とは、ずっと付き合ってたのかい？」

　今江は話題を変えた。

「五年くらいになるのか。俺があの人と絶縁する前からだから」

「まあ、くっついたり、離れたり……その繰り返しね……いろいろあったな……」

　早紀は長い溜息をつくように言った。

「あの人、どうやって食ってたんだよ？」

「最近は仕事らしい仕事はしてなかった。わたし、ずいぶんお金貸してたから……」

「ヒモか」

「近いかもね……」

「あんたは？　まだあの店で働いてるのかい？」

早紀は池袋のキャバクラ嬢だった。池袋にしては高級な部類の店の、それもナンバーに入る売れっ子だったから、ヒモのひとりやふたり養うことは造作もないことだろう。ただし、五年間もナンバーをキープするのは容易なことではない。

「あの店ってどの店？」

早紀は笑った。力のない笑い方だった。

「池袋だよ。ロサ会館の裏の」

「ああ、あそこはもうとっくに辞めた。あれからお店を転々として……六本木のクラブとか赤坂のスナックとか……結局、水商売からは抜けだせなかったけどね。池袋のころがいちばんバリバリだったかな。わたしももうすぐ三十だから……」

五年前、二十代半ばの若さがあったころが、水商売の女としてピークだったということらしい。ピークを過ぎたキャバクラ嬢やホステスは、残酷な現実を受け入れなければならない。高級店で雇ってもらえなくなり、あるいは出勤調整され、稼ぎがみるみる減っていく。華やかな生活を知っているぶんだけ、みじめさも強い。

「でも、ようやくお水からも足が洗えそう……」

早紀の声が急に明るくなった。

「わたし、ＡＶに出るの」

「おいおい、マジかよ……」

今江の声は無意識に尖った。

「高蝶にそそのかされたんなら、考え直したほうがいい。世間に恥をさらすことと引き替えに金を稼ぐんだから……」

　余計なお世話だったが、言わずにはいられなかった。藤崎ミユキが紫煙を吐きだしていく。

る憂鬱そうな顔が、脳裏をよぎっていく。

　けれども、早紀に動じる気配はなかった。

「そうね。でも、稼げる額によっては、世間に恥をさらすくらいなんでもなく思えるものよ」

　やけに自信満々な口調が鼻についた。

「どうやって口説かれたのか知らないが、最近のAVはそんなにおいしい仕事じゃないぜ。カメラの前でセックスすれば一攫千金だったのは、遠い昔の話だ。そんなものを絶対に儲かるビジネスだと思ってるんなら、愚かな話だ」

「どうやって口説かれたのか知りたい？」

　早紀は意味ありげに間をとった。

「電話じゃなくて直接会ってなら、教えてあげてもいいけど。高蝶が残していった、絶対儲かるビジネスプラン」

「……会うのはかまわないが」

今江は腕時計を見た。午後十時少し前だった。

「もうけっこう遅いな。どこまで出てこられる？」

「わたし、自宅にいるのが怖くて、ホテルに泊まってるのよ。品川のホテル。そこまで来てくれないかしら？」

「ホテル……」

今江は眉をひそめた。密談にはうってつけだが、五年ぶりに再会する女と密室でふたりきりになりたくなかった。

「うーん。こんな時間に女性の部屋に行くのは気が引けるな。品川まで行くから、外に出てきてくれよ」

「ダメ。ちょっと事情があってね、わたし、外に出たくないの。時間なんてかまわないから、ここに来て」

早紀の声は頑《かたく》なだった。

「じゃあホテルのバーは？」

「バーなんて洒落《しゃれ》たもの、このホテルにはないわ」

今江は深い溜息をついた。

「なら、とりあえず今夜はやめておこう。今日はこっちもいろいろあってね、疲れちまった……」

「そうか……」

明日あらためて連絡を入れると言って、電話を切った。高蝶の最近の動向についてももっと詳しく聞きたかったが、早紀の態度が癪《しゃく》に障《さわ》った。

誰かに部屋を荒らされたと信じこんでいるようなので、警戒したくなる気持ちもわからないでもない。

しかし、本能が拒めと言っていた。

早紀の言うとおりに行動したら、彼女が紡ぎだす物語にからめとられてしまいそうな気がした。早紀の話は、色と欲と胡散臭さにまみれていた。それにからめとられないためには、ホテルの部屋などではなく、昼間の明るいカフェにでもしたほうがいいだろう。

電話を切ると、急に深夜の街の夜風が身に染みた。

神経がささくれ立っていた。

今江はいちばん最初に眼についた酒場に入り、バーボンを喉に流しこんだ。

＊

早紀と初めて会ったのは五年前、池袋のキャバクラでのことだった。

キャバクラには嫌な思い出があった。言うまでもなく、歌舞伎町でリンチされた事件だ。今江はそれ以降、キャバクラ自体を敬遠するようになったが、高蝶は逆に、足繁く通うようになった。

後輩で弟分の今江に、ビビッていると思われたくなかったのだろう。生来の見栄坊なのだ。さすがに新宿には行っていないようだったが、住処の近い池袋では、ずいぶん遊んでいたらしい。

あるとき、一緒に行こうと誘われた。

ふたりでスカウトマンもどきの生活を始めて一年近くが経ったころだった。今江が東京にやってきて、もうすぐ季節が一巡しようとしており、女衒稼業にも、高蝶との関係にも、いろいろなことに行きづまっていた。

「なあ、ヒロ。たまにはキャバでも付き合えよ。俺の本命がいるんだ。すげえいい女だから、おまえに見せてやりたいんだ」

そんな高蝶の誘い文句に、好奇心が疼《うず》いたことをよく覚えている。「本命」という言葉に釣られて、誘いを断ることができなくなった。

高蝶は人後に落ちない女好きで、やれそうな女であれば選り好みせずにやってしまうところがあった。美人でもブスでも平等に欲情する剛の者だった。その一方で、恋人とおぼしき女の影を感じたことは一度もない。

むろん、だからこそ今江を居候させてくれたりしたのだが、根本的に女に対してひどく冷淡な男だった。女なんて性欲処理の対象で、金を稼ぐカモだ——そんなふうに思っているのだろうと、今江は側にいてよく感じた。

異論があったわけではない。

女をナンパし、フーゾク嬢に仕立てあげるような毎日を送っていれば、自然とそんな感じになってくる。愛だの恋だのより、とにかく眼の前の金だ。たとえ胸にいささかの罪悪感が疼いたとしても、次々に女を口説き落とし、金を稼ぎだすハイテンションな生活の中では、良心の呵責《かしゃく》を覚える暇などなかった。

だから、高蝶が発した「本命」という言葉がひどく新鮮に聞こえたのだ。

今江もまた、当時ひとりの女に入れあげていた。

性欲処理の対象でも、金を稼ぐカモでもない女との関係に熱くなっていたときだったので、奇妙なシンクロニシティを感じたものだ。

連れていかれたキャバクラで紹介されたのが、早紀だった。

今江はリアクションに困った。

早紀がなんだか特徴のない、地味な顔をしていたからである。

髪型はキャバ嬢にしては珍しい黒のショートカット。取りたててスタイル抜群というわけでもないが、妙に色っぽいスリムな体を、露出度の高いワインレッドのドレスで飾っていた。

いったいどこが「すげえいい女」なんだ？　というのが今江の第一印象だった。それなりの料金をとる店だったので、店内には彼女より綺麗な女がいっぱいいた。にもかかわらず、早紀が売り上げ第三位と聞いて、仰天してしまったほどだ。

容姿がイマイチでも、人気がある女がいてもおかしくない。

フーゾクでもそうだ。

気立てがいい、話が面白い、サービス満点、一緒にいてリラックスできる、性格がマメ、甘え上手……容姿以外で人気が出る理由はそんなところだろうか。

しかし、早紀に当てはまりそうなものはひとつもなかった。

「わたし、本当はこんな場末の店で働いてる女じゃないんですよぉ。昨日も銀座歩いてたら、黒服からガンガン声かけられてぇ。キミなら高級店でも通用するからって、もううるさくってうるさくって。でもやっぱり、お水やるなら銀座の高級クラブですよねぇ。さっさと移籍しちゃいたいんですけど、わたし、売り上げがいいからお店が離してくれないんですよぉ」

そんな話しぶりから伝わってくるのは、過剰な自意識と過大すぎる自己評価ばかりだった。身の丈に合わない上昇志向が鼻についた。

なのに高蝶は、さも嬉しそうにうなずきながら聞いていた。彼女が高飛車に振る舞えば振る舞うほど、一緒になってテンションをあげた。

「そうだよな、早紀ちゃんクラスになると、やっぱり池袋より銀座だよ。応援するから思いきって移籍しちゃえよ。銀座でだって絶対ナンバーワンになれるから」

「じゃあ、移籍の前祝いにシャンパン抜いていいですかぁ？」

「いいよ、いいよ。パーッとやろうよ。今夜は後輩も連れてきたことだしさあ。ヒロは高校のバスケ部の二個下なんだけど、俺を頼って東京に出てきたんだ。なんつーか、弟みたいなものだからさ、仲良くしてやってくれよ」

「ふふふっ、もちろん」

値踏みするような眼つきで笑いかけられ、今江は背筋に震えが走った。特別に美人でもスタイル抜群でもないのに、むせてしまいそうなほどの色香が漂ってきて、彼女がこの店のナンバーである理由を一瞬にして理解した。

枕なのだ。

客を引っぱるために誰とでも見境なく寝る女を、水商売の世界ではそう呼ぶ。

ただ体を差しだせばいいというものではないだろうが、セックスを駆け引きの道具に使えるキャバクラ嬢は最強だ。性的なサービスを前提にしているフーゾク嬢など可愛いものに思えてくる。金のためならなんでもやり、金を稼ぐこと以外に価値観がない、そういうキャバクラ嬢に捕まった男は、この世で天国と地獄を同時に味わえる。

なるほど、と今江は胸底でつぶやいた。

高蝶が早紀に惹《ひ》かれるわけだ。ふたりは似たもの同士なのである。片や金のために女をナンパし、片や金のために客と寝る。金そのものに執着しているのかといえば、実はそうではない。稼いだ金は無駄に浪費される。ただ見栄を張りたいだけなのだ。自分を自分以上に大きく見せたいという欲望が、ふたりに共通するところだった。

やっかいなタイプだった。まわりの人間を決して愉快にしない。

その後も高蝶に誘われて、二、三度飲みにいっただろうか。

なにを話したのか覚えていないし、彼女に対する印象も変わらなかったから、きっと退屈な時間だったのだろう。高蝶ひとりでももてあましていた時期なので、同じ種類の人間がもうひとり増えても、うんざりしただけだったに違いない。

＊

早紀のことを思いだせば思いだすほど、今江は首をかしげたくなった。彼女がＡＶ嬢になるという話に猛烈な違和感を覚えた。

今江が知っている早紀は二十代半ばだが、いまは三十手前。キャバクラ嬢としても賞味期限が切れる年なのに、ＡＶ嬢になったところで、できる仕事などたかが知れている。絶対に儲かるどころか、はした金で恥をさらすのが関の山だ。

容姿が特別美しいなら話は別だが、公平に見て彼女はそうではない。対峙すれば独特の色香は感じたし、枕営業で鍛えた手練手管もあるのかもしれないけれど、それがシビアなＡＶファンに通用するとは思えなかった。いまは若くて綺麗で好き者のＡＶ女優など、掃いて捨てるほどいるからだ。

にもかかわらず、早紀は自信満々だった。ただの虚勢とは思えなかった。あの自信は、いったいどこから来るのだろうか……。

今江は勘定をすませて酒場を出た。

腕時計を見ると、深夜の十一時を過ぎていた。女の部屋を訪ねるにしては常識外の時間だったが、やはり考えるほどに不可解な早紀の態度が気になって、我慢できずに電話してしまった。

「やっぱり会えないか？　ホテルまで行くから……」

おずおずと切りだすと、

「ふふっ、べつにいいけど」

早紀は笑った。電話の向こうで勝ち誇った笑みをこぼしているのが、眼に浮かぶようだった。

早紀の滞在しているのは、品川と五反田の間にある殺風景なビジネスホテルだった。

バーやレストランなどの施設はなく、狭いロビーに缶ビールの自動販売機が置いてあるようなところだ。部屋はツインルームだったのでスペースは充分に広かったが、内装も調度も使いこまれて疲弊が目立った。

「どうぞ……」

部屋に招いてくれた早紀はサングラスをかけていた。顔の半分以上が隠れるような大きなものだ。栗色のウエイブヘアが美容院帰りのようにきちんとセットされ、服は胸の大きく開いた黒いドレスだった。

今江は部屋に入りながらひどい緊張感を覚えていた。早紀の装いが、部屋で寛《くつろ》ぐ格好とはかけ離れていたからだ。今江が来るのできちんとしたのかもしれないが、それにしてもサングラスは余計だろう。

「そんなに硬くならないで」

早紀がサングラスの下で笑う。ソファにうながされ、今江は腰をおろした。コンビニあたりで買ってきたのだろう。テーブルには安物の赤ワインとグラスが並んでいた。早紀は今江の隣にしなをつくって座ると、ワインの栓を抜いてグラスに注いだ。芳《かぐわ》しい葡萄《ぶどう》の香りがあたりに漂った。

「乾杯」

早紀が赤く染まったグラスを持ちあげたので、今江も倣《なら》った。緊張をほぐすため、アルコールが飲めるのはありがたかったが、気分は苛々《いらいら》していく一方だった。理由ははっきりしている。

「サングラス、はずしてくれないか」

今江はワインをテーブルに置いて言った。

「気になるよ。それとも、はずせない事情でもあるのかい？　眼の病気とか」

いささか強い口調で言ってしまったのは、サングラスのせいだけでなかった。サングラスの奥にある顔が、早紀とは別人に思えてならないのだ。五年前に二、三度会っただけなので、顔立ちをはっきり覚えているわけではない。それにしても、記憶とはずいぶん印象が違う。瞳がまったく見えないレンズに顔を半分覆われてなお、美しさを隠しきれないのだ。こんなに美人だったろうか？

「ふふっ、はずしてほしい？」

早紀は悪戯《いたずら》っぽく笑ってサングラスのツルをつまんだ。

「ああ、頼む。眼を見て話さないと、なんだか落ち着かないよ」

「条件があるけど」

「なに？」

今江は眉をひそめた。

「素顔を見せるなら……」

早紀は言った。

「今夜はここに泊まっていって」

「話が長くなるって意味か？　高蝶の話をすると、朝までかかると……」

今江は手酌でワインを飲んだ。

「そうじゃなくて、わたしを抱いて」

今江は無言のまま視線を泳がせた。いったいなにを言いだすのかと思った。ここに来たのは、高蝶の死について意見を求めるためだった。高蝶は彼女にとって恋人である。少なくとも、元恋人だ。不謹慎であることを正すことも馬鹿馬鹿しくなるくらい、つまらない冗談だった。

「わかった」

今江はうなずいた。キャバ嬢の安いジョークを真に受けるほど純ではなかった。

「条件は呑むから、早くそいつをはずしてくれ」

「よかった、話のわかる人で」

早紀はふうっとひとつ息をつくと、サングラスをはずした。

今江は絶句した。

頭から冷や水を浴びせられたように、体中から血の気が引いていった。

記憶にある小鳩早紀とはまったくの別人が、サングラスの下から現われたからだ。

ある有名な歌手にそっくりだった。

加倉井怜《かくらいれい》という歌手である。

とはいえ、眼の前の女が加倉井怜本人であるわけがないことが、二重の意味で衝撃を運んでくる。

加倉井怜は現在、若者層に絶大な支持を受けている人気アーティストであり、テレビで見ない日のほうが珍しい。

ロシア人の血が四分の一だか八分の一だか混じっているという彼女の顔立ちは、彫刻刀で削りだしたように端整で、怖いくらいに美しい。とくにアーモンド型の大きな眼が特徴的で、ロシアンブルーという猫を彷彿とさせる気品があった。そして、細身の体から声を絞りだすようにして歌うパフォーマンスは圧巻だった。一方でトーク番組やヴァラエティには滅多に出演しないから私生活は謎に包まれ、二十代前半とは思えないほどの匂いたつ色香と相俟《あいま》って、ひどくミステリアスな存在でもある。

なるほど。

彼女が外で会うことを頑なに拒んでいたのは、このためだったのだ。

「よかった。思ったとおりのリアクションで」

早紀は嬉しそうに破顔し、ワインを飲んだ。祝杯をあげるように、手酌で呷《あお》った。

「驚いてくれたってことは、加倉井怜にそっくりってことでしょう？　ふふっ。自信はあったけど……」

「どういうことなんだ？　まさか……」

今江が声を震わせると、

「もちろん整形よ」

早紀はこともなげに言い放った。

「神戸に腕のいいお医者さんがいてね。まあ、闇なんだけど。この手術のために、わたし、三カ月も向こうに行ってたの。腫れがなかなかひいてくれなくて、思ったよりも時間がかかっちゃった。で、帰ってきたら、高蝶が死んでた……」

「それにしても、わざとそこまで似させたのか？」

今江はまだ、驚愕の渦中にいた。

美しくなるために整形手術も辞さないという考え方は、いまの世の中ではそれほど異常なことだとは言えないだろう。

しかし、眼の前の女から伝わってくるのは、異常さばかりだ。加倉井怜「ふう」の美しさを目指すのではなく、瓜二つにしてしまうのは常軌を逸している。はっきり言って、薄気味が悪い。髪の色やスタイル、メイクまで真似をして、有名人そのものになりすまそうというのは、美の追究とは別の観点に立った理由が必要だろう。

「そうか……それが『絶対に儲かるビジネス』の正体か？」

今江が言うと、

「そう」

早紀は涼やかにうなずいた。

「整形手術をわたしに勧めてきたのは、高蝶。加倉井怜そっくりになったわたしを使って、彼はAVをつくるつもりだった。三億くらいはゆうに儲かるはずだってね。手術が成功したことを、彼は知ってた。神戸から写メを送ったりしてたから。そんなとき、恐がりの彼が自動車事故なんておかしいと思わない？」

今江はにわかに言葉を返せなかった。そこまでやるか、という思いが頭の中を占領していて、他のことが考えられなかった。

「しかし……三億は大げさじゃないか……」

呆然としたままつぶやくと、

「どうして？」

早紀は楽しそうに笑った。

「わたし本当はもっと儲かるかもしれないって思ってるけど。女のわたしだって見たいと思うもの、加倉井怜のセックス。彼女の裸、彼女のフェラ、彼女が男に抱かれてイキまくるところ……」

たしかに見たい、と今江は思った。アダルトショップで見かければ、躊躇《ためら》うことなく買うだろう。

加倉井怜は、人気アーティストというだけではなく、美人だった。そのうえに色気があった。感極まった表情でシャウトする姿が、オルガスムスの表情を彷彿とさせた。その一方で、裸を見せてイージーに話題をつくろうとするグラビアアイドルなどとは一線を画す気高さがあり、彼女がヌードを披露することなど、ましてやAVに出演することなど、彼女のファンはもちろん、国民全員が夢想だにしていない。

ということは逆に、すさまじいインパクトが発生するということだ。

たとえそっくりさんでも、ここまでよく似た女がカメラの前で恥という恥をさらしきれば、売れるに決まっている。作品の出来映えによっては、下世話なスキャンダルを超えて社会現象にまでなるかもしれない。

しかし……。

それでも今江は言わずにいられなかった。

「やめたほうがいい、AVなんて。そりゃあ金にはなるかもしれないが、絶対に後悔する。人生がねじ曲がってしまうんだ。そうなってからやめとけばよかったって思っても、もう遅い」

「どうして後悔しなくちゃいけないの？」

早紀は笑った。虚勢を感じさせない、自信満々の笑みだった。

「この顔でがっぽり稼いだら、また元の顔に戻すもの。そうすればわたしの人生にはＡＶの汚点なんてひとつも残らないでしょ？　後悔なんかするわけないわね」

今江は返す言葉を失った。

「高蝶にこのアイデアを聞いたとき、わたし、思わず膝を叩いちゃったもの。そうか、その手があったのかって」

「あの人のアイデアなのか？」

「そうよ。わたしだって元の顔のままＡＶに出ろって言われたら、さすがに断ってたと思う。ってゆーか、売れないでしょ」

自嘲気味に笑い、けれども自信に揺るぎはない。

「……なるほどな」

今江はすっかり混乱してしまった。顔が変わっても、早紀は早紀だった。過剰な自意識と過大すぎる自己評価。身の丈に合わない上昇志向……加齢によって水商売の世界で商品価値を失いつつある彼女が、起死回生を狙って整形手術を行なうのは、むしろ必然にさえ思えてきた。

「しかし……」

今江はハッとして言った。

「加倉井怜側から見たら、そんな計画、どうあっても潰したいんじゃないか？　つまり、高蝶が死んだのは……」

「待ってよ」

早紀は困惑顔で今江を制した。苦笑しながら、テーブルに置かれたワインボトルを指差した。いつの間にか空になっていた。

「ワインもなくなっちゃったし、なんだか今日はもう疲れちゃった。話の続きは明日にしない？」

「いや……そうか？」

今江は苦い顔で腕時計を見た。午前一時を過ぎていた。もっと話をしたかったが、たしかにもう遅い。頭は混乱しているし、酔いもまわっている。

「わかった。続きは明日にしよう。また連絡するよ……」

今江は言った。立ちあがって出口に向かおうとすると、

「待って、どこに行くの？」

早紀は先まわりしてドアの前に立ち塞がった。

「どこって……帰るんだよ」

「サングラスをはずしたときの条件、忘れちゃった？」

早紀は淫靡《いんび》に微笑むと、長い髪をかきあげて身を預けてきた。ムスク系の強い香水の匂いが、鼻腔の奥まで流れこんでくる。

「おいおい、いい加減にしろよ。タチの悪い冗談は……」

今江は焦って、早紀の体を押し返そうとした。

次の瞬間、痛烈な眩暈《めまい》が襲いかかってきたのは、アルコールがまわったからだけではなかった。

「抱いてよ。そういう約束、したじゃない……」

そう言って上目遣いで哀願してくる早紀の顔が、加倉井怜その人に見えたからである。

ソファに並んで座っていたときはまじまじとは見られなかったが、いまは正面から向きあっている。美しさがストレートに伝わってくる。

顔だけではなく、体中から漂ってくる色香がすごかった。黒いドレスは体のラインを露わにし、白い胸元をチラつかせているのも悩ましい。全身整形を施したのか、それとも顔が変わるとスタイルまでも変わって見えるのか、あるいは重ねた年が肉体を熟成させたのか、すさまじく魅惑的なボディに見える。

「ねえ、お願い……」

早紀は瞼《まぶた》を半分落とした妖しい顔で、見つめてきた。よほど上手い医者に執刀されたらしく、眼のまわりに傷は見あたらなかった。微妙な表情をしても筋肉が不自然にひきつったりもしない。向きあっていると次第に、彼女が加倉井怜そのものに思え、自分も光り輝くショービジネスの世界に迷いこんでしまったような、当代一の人気アーティストとラブアフェアを演じようとしているような、不思議な感覚にとらわれた。

それでも今江が動けずにいると、

「あんがい真面目なのね？」

早紀は口角をもちあげてニッと笑った。

「高蝶の話だと、今江さんってけっこうな女たらしだったんでしょう？　ナンパした女がいい女だと、フーゾクで働かせる前に味見してたとか？　ううん、ほとんどの女を味見してたはずだって、高蝶は言ってた」

今江は顔から火が出そうになった。鏡を見ればきっと、恥ずかしいくらいに赤面していることだろう。つまり、図星を指されたということだ。

「……昔の話だよ」

早紀の体を押し返そうとしたが、早紀はしがみついて離れない。

「離してくれ。いったいなんのつもりで……」

「顔の最終チェックがまだなの」

早紀は言った。

「乱れて、よがって、イクときにくしゃくしゃになったとき、顔の筋肉がどうなるか確認できてないの。男に抱かれたとき、顔が加倉井怜そのものになってるかどうか……ねえ、これもなにかの縁だから頼まれてくれない？　セックスが下手な男じゃ意味がないから、今江さんなら適役でしょう？」

嘘をつくな、と今江は胸底でつぶやいた。そういう理由もあるかもしれないが、彼女が求めているものはもっと別のものだ。今江を巻きこみたいのだ。自分の物語にからめとり、協力者に仕立て上げたいのだ。

「しようがないなあ。それじゃあその気にさせてあげる……」

早紀は呆然としている今江の足もとにしゃがみこみ、ベルトをはずした。金縛りに遭っている男のズボンをさげ、ブリーフに手をかける。

「よせ……」

今江の声は虚しく宙を泳ぎ、ペニスが取りだされた。まだ女を抱ける形状になっていないそれを見て、早紀は挑むような眼つきになった。赤い唇を割りひろげ、躊躇うことなく口に含んだ。

「むうっ……」

異様な衝撃が今江の下半身に襲いかかってきた。

この五年間、女と繫がっていないペニスに、生温かい舌と口内粘膜の感触が染みた。カリのくびれを舐められると、有無を言わさない強制力で、ペニスはむくむくと大きくなっていった。女の口の中で隆起していく感覚は、久しぶりだけに身をよじりたくなるほどだ。芯から硬くなるまでのほんの数秒の間で、理性はものの見事に瓦解した。勃起していないときとはまったくの別人になってしまった実感が、たしかにあった。

「うんぐっ……ぅんんんっ……」

得意げに頰をへこませてペニスをしゃぶる早紀を見下ろしながら、今江は高蝶のことを考えていた。

彼女は高蝶の女だった。高蝶のものも、そうやってしゃぶっていたに違いない。しかし、抵抗はなかった。自分でも呆れるくらい、不快感もおぞましさも感じない。

彼女の顔が加倉井怜にそっくりだから、というせいもある。

しかし、本質的な理由は別にあった。

高蝶と同じ女を抱いたことが、何度もあったからだ。

早紀が言っていたように、今江はナンパした女にフーゾクの仕事を紹介する前、たいてい抱いていた。しかしそれは「味見」というのとは少しニュアンスが違う。もちろん、二十二歳のやりたい盛りだ。性欲をもてあましていたことは否定しない。やれる女にはやらせてもらうのが当然と考えていたのも嘘偽りのない事実だが、ただ闇雲にやりまくっていたわけではない。

女をフーゾクに追いこむための手段だった。

立てつづけにふたりの男と関係した女は、貞操観念のハードルが低くなり、フーゾクの仕事に対する抵抗感も薄れた。乱暴なことはしなかったし、輪姦じみた3Pとも無縁だったが、腹黒い奸計《かんけい》であったことは間違いない。

スカウトもどきの生活を始めてすぐ、ビギナーズラックで金をつかんだ高蝶と今江は、椎名町のボロアパートから西池袋の小綺麗なワンルームマンションに引っ越した。

ナンパに成功すると、片方がまずその部屋に女を連れこんで関係をもつ。情事が終わったのを見計らって、もうひとりが部屋に姿を現わす。女は最初驚くけれど、同居人だと説明し、三人で自堕落に酒を飲んだり、雑魚寝をしたりしているうちに警戒心がとけてくる。そうなればあとは、片方が買い物に行ったり寝てしまった隙をついて、寝技にもちこむのである。

面白いようにうまくいった。そもそも女にとって、最初のひとりと寝たのも遊びだ。いくらぼんやりしている女でも、真実の愛を求めてゆきずりの男に脚を開くわけがない。だったらもうひとりと遊んだってべつにいいや、と思ってしまえば、いっそのことフーゾクで働いてもいいかも、となるまであと一歩となる。

「……もういい」

今江は早紀の口唇からペニスを抜いた。唾液にまみれた肉の棒は、痛いくらいに勃起して、熱い脈動を刻んでいた。早紀の腕を取ってベッドに向かった。乱暴にベッドカヴァーを剝がし、黒いドレスに飾られた女体を、糊《のり》の効いた白いシーツの上に仰向けに倒した。

「ふふっ……」

早紀は栗色のウエイブヘアをベッドに扇状にひろげ、さあ抱いて、とばかりに手脚を無防備に投げだした。

今江はそれを睨みつけながら、腿までさがったズボンとブリーフを脚から抜いた。下半身だけ裸というのも間抜けな気がして、ジャケットもシャツもすべて脱いでしまう。

「明かりは消さないでちゃんと見てて。わたしがどんなふうな顔で乱れるか……」

早紀が言い、

「ああ」

今江はうなずいてベッドにあがった。裸身を早紀に寄せていった。

「加倉井怜だと思って抱いて……わたしじゃ……小鳩早紀じゃなくて……」

「うるさい口だ」

今江は早紀の唇をキスで塞いだ。お互いにすぐに口を開き、舌をからめあった。久しぶりの感触に、今江は陶然となり、むさぼるようにキスをした。早紀の舌はつるりとなめらかで、くなくなとよく動いた。

その顔は、間近で見ても、キスをしていても加倉井怜だった。もちろん、加倉井怜が本気でキスをしたところを見たことがあるわけではないけれど、瞳を潤ませ、ねっとりした眼つきでこちらを見てくる女を、加倉井怜以外には思えなかった。

激しい興奮が全身を熱く火照《ほて》らせていく。

五年ぶりに女を抱くことに加え、これほどの美女と肉弾相まみえることなど初めてだった。しかも、加倉井怜は芸能人だ。テレビで毎日その姿を見ている。彼女の歌う甘くせつないメロディが耳底に蘇ってくる。切々と歌いあげるときの、眉根を寄せた顔が思い浮かぶ。あれはクルマのCMだったろうか。ツンと澄ました横顔でハンドルを握っている映像が脳裏を去来し、興奮に拍車をかけていく。

「ぅんんっ……ぅんんんっ……」

　今江は舌をからめあいながら、早紀の体をまさぐりだした。今江の鼻息は荒くなっていたが、早紀の吐息もはずんでいる。ドレスの上から胸のふくらみを揉みしだくと、

「あああっ！」

　白い喉を見せてのけぞり、キスを続けていられなくなった。

　今江は黒いドレスを脱がしにかかった。背中のホックをはずし、ファスナーをさげ、果物の薄皮を剝がすように脱がしていった。下着も黒いレースだった。ストラップのないハーフカップブラに、きわどく切れあがったハイレグショーツ。腰にはガーターベルトを巻き、セパレート式の黒いストッキングを吊っていた。

「本物の加倉井怜が、こんなセクシーな下着は着けてるとは思えんが……」

　今江が苦笑すると、

「あら。本物がどうかなんて問題じゃないのよ。AV女優の仕事はユーザーの夢を叶えることだもの。加倉井怜がこんなランジェリーを着けてたら興奮するでしょ？」

　早紀は得意げな顔で言い、今江はうなずかざるを得なかった。

　白い素肌に映える、黒いレースとナイロン。ハーフカップからこぼれた上半分の乳房はたまらなく柔らかそうで、ガーターストッキングからはみ出した生身の太腿とヒップは、悩殺的な流曲線を描いている。全体がスリムに引き締まっているから、巨乳でもグラマー

でもなかったけれど、男好きするスタイルであることは間違いない。

「体はいじってないのよ。偶然なんだけど、スタイルだけは本物にけっこうよく似てたから……」

ささやく早紀から、ブラジャーを奪った。現われた乳房は手のひらにすっぽりと収まりそうなサイズだったが、ツンと上を向いた美乳だった。小さくとも、気品がある。色の白さが艶めかしく、赤みの強い乳首がセクシャルだ。

「んんんっ……」

ふくらみをやわやわと揉みしだくと、早紀はせつなげに眉根を寄せた。たまらない表情だった。美人なだけに、エロスを醸《かも》しだす迫力が違う。息を呑んで見つめてしまう。

「んんんっ……くぅううっ……」

胸のふくらみを揉みしだくほどに早紀の表情は痛切に歪《ゆが》んでいったが、顔の筋肉が不自然にひきつっているところは、いまのところ見当たらない。

今江はねちっこく乳房を揉みしだきながら、早紀の顔をむさぼり眺めた。早紀も眼を細めて見つめ返してくる。視線と視線がぶつかりあって火花を散らし、早紀の瞳は濡れてきた。今江の顔も真っ赤に上気しているはずだった。

「くぅうううっ！」

乳首を舐めると、早紀はせつなげな声をあげた。

今江はふくらみの先端にねちねちと舌を這わせ、小さめの乳暈を舐めまわした。吸いたてて、口の中で転がすと、赤い乳首が燃えあがる炎のように尖っていった。

極上の体だった。

高蝶が彼女をフーゾクに追いこまず、自分の女にした気持ちがよくわかった。

今江は赤く尖った乳首を舐めまわしながら、右手を下肢に這わせていった。ガーターベルトとストッキングのざらついた触り心地がひどく卑猥で、背筋にぞくぞくと興奮の震えが這いあがっていく。両脚の間に手のひらをすべりこませると、むっと湿った熱気が伝わってきた。

すでに欲情しているらしい。

今江はハイレグショーツを奪いとった。ガーターベルトのストラップの上から穿かれていたので、ショーツだけを先に脱がすことができた。

「あああっ……」

早紀がガーターストッキングに飾られた太腿を閉じる。顔は加倉井怜にそっくりでも、女の恥部は彼女自身のものだ。しかし、羞《は》じらい方がどこか、芝居じみていた。内面まで加倉井怜になりきって、抱かれようとしているのか。

ならば、と今江は体を起こし、早紀の両脚を持ちあげた。体を二つ折りにし、でんぐり返しの格好で押さえつける、いわゆる「まんぐり返し」の体勢にした。もちろん、女の恥部と顔を同時に眺めやすくするためだ。

「ああっ、いやあっ……」

栗色のウェイブヘアを振り乱して羞じらう早紀の両脚を、左右に割りひろげていく。上下逆さまの体勢で両脚をM字に開脚し、淫らな熱気を放っている女の部分を、あられもなく丸出しにしてやる。

「むうっ……」

今江は眼を見開き、息を呑んだ。

しとどに濡れた女の花が、物欲しげに口を半開きにしていた。モザイクをかける仕事で毎日うんざりするほど見ている女性器だった。それでも凝視してしまうのは、もしかすると顔よりも個性が際立つ部分だからかもしれない。

早紀の花びらは大ぶりだった。肉が厚く、縮れが少ない様は唇によく似ている。色素沈着が少なく、発情の蜜《みつ》を浴びてアーモンドピンクに輝く色艶が、生唾を呑みこみたくなるほどいやらしい。恥毛は豊かだった。黒々と茂った逆三角形が欲望の深さを主張するかのようで、息を呑まずにいられない。細かい繊毛が割れ目のまわりから、アヌスのまわりまで飾っていた。

「いい眺めだよ……」

今江は、羞じらって眼を細めている早紀と視線をからめあわせながら、舌を使いはじめた。ねろり、ねろり、と割れ目を舐めあげ、花びらを左右に開いていく。

「あああっ……くぅううっ……」

整形によって整えられた美貌が、生々しいピンク色に染まっていった。左右の花びらは揚羽蝶のようにぱっくりと口を開けて、薄桃色の粘膜をのぞかせている。じゅるっ、じゅるるっ、と音をたてて啜《すす》りあげると、

「あっ、あぁうううううーっ！」

早紀は眉間《みけん》に刻んだ縦皺をどこまでも深めて、甲高い悲鳴をあげた。今江は女の哀れさを感じずにはいられなかった。死んだ恋人の弟分に舐められているのに、淫らな悲鳴をあげずにいられない女という性は哀れだ。いや、そんな女に欲情し、舌を躍らさずにはいられない男という性は、もっと哀れなのか。

「むううっ……むううっ……」

今江は鼻息を荒げて早紀の花をむさぼった。花びらをしゃぶり、薄桃色の粘膜を舐めまわし、時折穴に舌先を差しこんでいく。指先では、肉の合わせ目にある真珠肉の包皮を、

剝《む》いては被せ、被せては剝いている。珊瑚色に輝く女の官能器官が尖ってくると、口に含んで吸いたてた。

早紀はひいひぃと喉を絞ってよがり泣き、蜜壺の奥からは発情のエキスがあふれだした。割れ目のまわりやアヌスのまわりの繊毛が、湿気を含んで地肌に貼りついた。今江は口のまわりが獣じみた匂いのする粘液でベトベトになると、ガーターストッキングで拭いながら愛撫を続けた。極薄の黒いナイロンは、見た目だけではなく触り心地もたまらなくエロティックだった。

「ねえ、ちょうだいっ……もうちょうだいっ……」

早紀がハアハアと息をはずませながら、挿入をねだってくる。眉根を寄せ、鼻の穴をふくらませ、閉じることのできなくなった唇をわななかせる表情は、欲情に蕩《とろ》けきっているのに、どこか少女めいてもいて、今江の心臓をドキンとひとつ跳ねさせた。こんな顔でよがる女を知らなかった。人工的に整えられたせいなのか、あるいは加倉井怜のような端整な顔立ちをしているとこうなってしまうのか、とにかく淫らさと愛らしさが矛盾なく同居し、男の欲望を揺さぶりたててきた。

今江はまんぐり返しの体勢を崩して、早紀の両脚の間に腰をすべりこませた。

口のまわりは、極薄のナイロンでは拭いきれなかった粘液にまみれていたが、かまっていられなかった。

勃起しきったペニスをM字開脚の中心にあてがうと、早紀を抱きしめ、腰を前に送りだした。熱い花蜜をしたたらせている女の割れ目にむりむりと入りこみ、最奥にある子宮をずんっとしたたかに突きあげた。

「はっ、はぁうううううううーっ！」

早紀が甲高い悲鳴をあげてしがみついてくる。挿入の衝撃に五体を反り返し、ガクガクと腰を揺さぶる。

今江はその体をきつく抱きしめ、律動を開始した。いきなりのフルピッチだった。そうせずにはいられないなにかが、早紀の体にはあった。

「ねえ、どう？　どうなの？」

早紀はいまにも泣きだしそうな顔であえぎながら、今江の双頰を両手で挟んだ。視線を合わせることを求めてきた。

「加倉井怜みたい？　加倉井怜を抱いてるみたい？」

「むうう……むうう……」

今江は激しく腰を振りたてながらうなずいた。適当にうなずいただけだった。本物の加倉井怜を抱いたことがないのだから、それに似ているのかと訊ねられたところで、肯定も否定もできるはずがない。よがり、乱れる表情についても同様だ。

しかし、これだけは間違いなかった。

今江は無我夢中で腰を使っていた。男根が怖いくらいに野太くみなぎり、熱狂と呼んで差し支えない興奮状態に陥っていた。

美しい女を抱くことはいつだって男に自信を与えてくれるけれど、早紀と性器を繋げているいまこのときほど、全知全能の万能感を覚えたことはない。

鋼鉄のように硬くなった男根を抜き差しする。

腕の中で淫らに反り返っていく早紀の体を、きつく抱きしめる。

さらに突く。

息をとめ、自分が誰かもわからない状態で、ただ肉と肉とをこすりあわせることだけに没頭する。

「おおおっ……おおおおおっ……」

腹の底から、雄叫《おたけ》びに似た声がこみあげてきた。いくらセックスに夢中になっていても、最中にこれほど無防備な声をもらしたことなどなかった。声をもらさずにいられないほどの快感が全身を支配し、五体が意志の制御から離れていった。

「出すぞっ……もう出すぞっ……」

震える声を絞りだすと、早紀が感極まった表情で何度も顎を引いた。彼女にも、限界が迫っているようだった。今江がフィニッシュの連打を開始すると、眼を開けていられなくなった。今江の腕の中で背中をぎゅうっと反らせ、身をよじり、もっと突いてとばかりに腰を押しつけてきた。悲鳴をあげて、ちぎれんばかりに首を振った。

「イッ、イクッ……」

今江が射精に突入する寸前、五体をビクンビクンと跳ねあげて、オルガスムスに達した。釣りあげられたばかりの魚のようだった。今江が煮えたぎる欲望のエキスを吐きだしている間、我を失ったように泣きじゃくっていた。

静寂がホテルの部屋を支配していた。

ふたつ並んだシングルベッドの片方で、今江と早紀は仰向けになって天井を見上げていた。呼吸を整えおわっても、魂を抜きとられたようにお互いに動けなかった。

今江はまさしく、からっぽの気分だった。

出すべきものを出してしまったせいもあるけれど、それ以上に言いようがないほど巨大な虚しさが胸につまり、下手に動いたりしゃべったりすると、嗚咽《おえつ》をもらしてしまいそうだった。

早紀の抱き心地は最高だった。

掛け値なしに、最高に興奮して、最高に気持ちのいい射精を果たした。

しかし逆に言えば、最高の快感が、最高の虚しさを運んできたとも言える。

気持ちがついていかないのだ。

早紀のことを愛していないし、愛されてもいない。これから愛しあうことなどないだろうという冷たい現実が、虚しさの正体だった。

快楽を分かちあったあと、愛情も分かちあえる相手と行なわないセックスは、虚しい。

やりたい盛りのころにはわからなかった。

アルコールでテンションをあげてはしゃぎすぎ、翌朝、自己嫌悪に深く落ちこむ宿酔《ふつかよ》いに似ている。ドラッグでもいい。興奮物質によって味わう恍惚《こうこつ》は、エクスタシーが過ぎ去ったあと、ブルーな禁断症状が残されるだけだ。

加倉井怜そっくりに整形した早紀は、興奮物質そのものだった。

メディア社会が生みだした偶像と、ただ快楽のためだけにまぐわうのだから、そうとしか言いようがない。加倉井怜が有名人であり、人気者であり、誰もが抱きたいと思っている女であるという刷りこみが強ければ強いほど、無意識まで総動員して激しい興奮に駆りたてられるというメカニズムだ。メディアの中で生きている現代人に、そのメカニズムから逃れる術《すべ》はない。

もちろん、本物の加倉井怜の話ではない。彼女のような有名人は、虚しいセックスしかできないと言っているのではない。有名人だって愛があるセックスをすることはできるが、有名人の虚像には快楽を提供することしかできないと言いたいのだ。

「……すごかったね」

隣で早紀がポツリと言った。

「わたし、こんなに激しく男の人に求められたの、初めてかもしれない……」

たしかにそうだろう、と今江は思った。これから彼女とベッドインする男は、誰だって熱狂するに違いない。我を忘れ、頭を真っ白にして、その体をむさぼらずにいられない。

しかし、彼女はやがて気づくはずだ。元の顔に整形し直したときに、男たちが熱狂していたものの正体を。そのとき襲いかかってくるのは、今江が感じている虚しさなど比べものにならない喪失感だ。

今江が黙っていると、

「……シャワー浴びてくる」

早紀がもぞもぞとベッドから出ていった。

激しく達したオルガスムスのせいか、彼女は彼女で虚しさをもてあましているのか、バスルームへ向かう足取りは重く、華奢《きやしや》な背中に得体の知れぬ暗い影が差していた。

今江も起きあがった。

体はくたくたに疲れていたが、このままではとても眠れそうになかった。酒でも飲もうと冷蔵庫に近づいていくと、床に脱ぎ捨ててあったジャケットの中で携帯電話がヴァイブした。また差出人不明のメールだった。

〈覚悟はできたか？〉

たった一行のメールに、射精の余韻で上気していた今江の顔はみるみる血の気を失い、凍りついたように固まった。

第三章　東京の女

翌日、今江は早紀と別れて御徒町の自宅マンションに戻った。

別れ際はひどく気まずかった。

体を重ねたからではない。ベッドに誘ってきたのは彼女のほうなので、それについては五分と五分と言ってもいいだろう。

しかし、〈覚悟はできたか？〉という脅迫メールのせいで、今江は深夜のホテルで取り乱してしまった。愛のないセックスでひどい虚無感を抱えていた状況も災いし、恐怖と絶望に駆られてパニックに陥った。冷蔵庫の中にあったビールを全部飲んでも落ち着かず、布団にもぐりこんでも眠れず、部屋の中をぐるぐる歩きまわり、やがて死んでしまいたい衝動に駆られて壁に頭を打ちつけ、早紀がシャワーから出てくるのがもう少し遅かったら、発作的に窓から飛び降りてしまったかもしれない。

早紀の対応は完璧だった。

ぶるぶる震えている今江に温かい湯で睡眠薬を飲ませると、同じ布団に入り、シャワーで火照った体で抱きしめてくれた。睡眠薬で意識が混濁していく中、今江は脅迫メールについて早紀に話した。高蝶が殺されたとすれば、次は自分かもしれない、きっと自分だろう、自分に違いない……と迫りくる恐怖に震えは激しくなっていく一方だったが、なんとか睡眠薬が効いてくれた。

眠りに落ちる少し前、早紀と交わした会話は、まるで高熱にうなされる幼児と介抱をする母親のようなものだった。

「そっちに心当たりはないのか?」

今江は恥ずかしいほど声を震わせ、呂律《ろれつ》もまわらないままに訊ねた。

「ビビリ屋のあの人が、高速で二百キロも出してたことはたしかにおかしい。自宅に誰かが侵入した気配があって気味が悪いというのもわかる。しかし、もし殺されたんだとしたら……相手に動機が必要だろ? たとえばその顔。加倉井怜のそっくりさんAVをつくるとなったら、捨て置けない連中もいるんじゃないか?」

「ちょっと待ってよ」

早紀は苦笑した。

「あなたに脅しのメールが送られてくるってことは、恨みは高蝶ひとりじゃなくて、あなたと高蝶にってことでしょ？　ということは、あなたたちが一緒に行動してたときに関わった女がらみじゃないと、辻褄が合わないじゃない。うまいことノセられてAVに出演しちゃったけど、いまになってそのこと恨んでるとか……本人以外にも、家族や恋人を含めてね。そうじゃなくっちゃおかしいわよ」

今江は言葉を返せなかった。

たしかにその通りだったからだ。

その事実は夜が明けてなお重く今江の心にのしかかり、心の平衡を奪っていた。

仕事に集中することで、頭をからっぽにしようと思った。

PCモニターに女性器が映った。

今江はマウスを操作して、アーモンドピンクの花びらや、ひくひくと痙攣している薄桃色の粘膜にモザイクをかけていった。

人並みに女の股間に興味があるし、女性器は顔よりも個性が豊かだと思うところもあるけれど、不思議なもので、顔よりも女性器のほうをよく覚えていることはない。体を重ねた女でもそうだ。顔を思いだし、その女の性器を思いだすことはあっても、その逆はまったくない。

ベッドの中では舐めたりしゃぶったり指を入れたり、あれほど情熱的に愛撫したはずなのに、女性器だけを見て持ち主を言い当てることができるとは思えない。自分ひとりではなく、男というものはたいていそうではないかと思う。

形の複雑さが記憶を曖昧にするのだろうか？

あるいは、遺伝子レベルの秘密があるのかもしれない。男が女の性器に興味を失えば、当然性交の回数も減り、種の保存に危機が生じる。そうならないように、本能が脳の記憶装置を制御している、ということはないだろうか。男は何度見ても記憶できないゆえ、かくも熱心に女性器を凝視したがる、と考えれば腑に落ちる。

「……ちくしょう」

わざわざモザイクなどかけなくても、男にはどうせ女性器など記憶できないと思うと、心底仕事をする気がなくなって、マウスを放りだした。

元より仕事などできる精神状態ではなかった。

ニニタ゛に映る女性器が、あの女のものにも、この女のものにも見えてくる。フーゾク嬢からＡＶ嬢になるのはお決まりのコースだから、五年前、街で偶発的に知りあった女たちの女性器が、そこにあってもおかしくない。

もちろん、ＰＣモニターには顔も同時に映っているけれど、五年も経てば顔の印象が変わることもあるだろう。そもそも女は、メイク次第で顔の印象などガラリと変わる。ましてや、いまの若い子らは整形くらい平気でする。早紀ほどでなくとも、眼の縁を切り、睫毛エクステと濃いアイラインを入れれば、元の顔など容易にはわからない。

座っているだけなのに、息が苦しくなってきた。

顔にも性器にもモザイクがかかったような、正体不明になった女たちが、記憶の底で蠢《うごめ》いていた。過去を嘆いている女、阿鼻叫喚《あびきょうかん》の悲鳴をあげている女、そして、恨み節を唱えながら、憎悪のこもった眼でこちらを睨みつけている女……。

ひとりだけ、記憶がたしかな女がいた。

顔も髪型も、背格好も乳房の大きさも腰のくびれ具合も、太腿の揉み心地から両脚を開いたときの匂い、恥毛の生え具合、女の花の色艶まで、いまでも眼をつぶれば、くっきりした輪郭を帯び、忘れようとしても忘れられない女がいた。

やはり結局は、その女に行き着くことになりそうだった。

高蝶とツルんでスカウトマンもどきの生活をしていた一年間で、もっとも傷つけ、もっとも憎悪を買ったであろう仙川菜穂子である。

フーゾクに追いこんだ女ではなく、彼女は今江の恋人だった。

＊

菜穂子は当時二十歳。お嬢さま学校として名高い聖清女子大に通う女子大生で、出会いは池袋にある大型書店だった。

歌舞伎町のキャバクラで引き抜き工作が見つかり、こっぴどい目に遭わされたあとのことだったので、いろいろな場所でナンパを試していた。バーやゲームセンターやファストフード店といった定番スポットをはじめ、コインランドリーや行列のできるラーメン屋、上野の森の美術館など、一風変わった場所でもチャレンジした。本を買う気もないのに書店をうろうろしていたのも、その一環だった。

今江はそのとき単独行動だった。

菜穂子もひとりだった。文庫本のコーナーで熱心に本棚を眺めていた。

高蝶が一緒にいたら、眼もくれずにスルーしたことだろう。

ぼんやりした雰囲気が微塵《みじん》もなかったからだ。服装がチグハグでもなかったし、レストランでなかなか注文を決められないタイプにも見えなかった。

白いニットとベージュのコットンパンツに包まれた体はピンと背筋が伸び、睫毛の長い横顔が聡明かつ清楚だった。それはもう、古典的と言っていいほどの美貌で、イマドキの若い女とは思えない、モノクロの映画に出てくる女優のようだった。絹のような光沢を放つ長い黒髪と、ひと目で高級品とわかる腕時計や靴が、いかにも深窓の令嬢のような雰囲気を漂わせていた。

今江はひと目惚れしてしまった。

クラシック音楽が静かに流れる書店の空間で、キラキラと輝いて見えた。

彼女こそが夢に描いていた「東京の女」だと思い、仕事抜きで声をかけた。

「それ、面白そうな本ですね？」

菜穂子が開いていた本のカヴァーを指差し、今江は言った。

菜穂子はキョトンとしていた。

「誰が書いたんです？」

「京極夏彦《きょうごくなつひこ》」

今度は今江がキョトンとする番だった。雑誌はともかく、今江に本を読む習慣などなかったからだ。京極夏彦が、現在もっとも人気の高い作家のひとりと知って赤面したのは、ずいぶん後のことである。

「ふうん。オススメのがあったら教えてくれない？　なんかさ、バーのカウンターとかでひとりで文庫本読んでたりするとカッコいいかと思ってさ。大人の男って感じがするじゃん。でも俺馬鹿だから、本なんてあんまり読まないからさ。どれ選んでいいかわからないんだよ」

いま思い返しても、かなり傍若無人な態度だったような気がするが、菜穂子は怒らなかった。クスクス笑って一冊の本を手にした。

「オススメっていうか、これがシリーズものの一作目なので、これから読んだらどうでしょうか?」

『姑獲鳥の夏』という本を渡され、今江は途方に暮れた。文庫本のくせに呆れるくらい分厚くて、おまけにルビが振ってなければ「姑獲鳥」を「うぶめ」と読めなかった。もちろん、なにを意味しているのかもさっぱりわからなかった。

しかし、そんなことはどうでもよかった。べつに本気でバーのカウンターで読むための本を探していたわけではなかったからだ。

「サンキュー。他にもオススメの本があったら教えてよ。もちろん、タダとは言わない。お礼に食事を奢るからさ」

安っぽいナンパの手口だったが、菜穂子はやはりクスクス笑っているばかりで、何冊か本を選んでくれた。書店を出て「なにが食べたい?」と訊ねると、「ハンバーガーが食べたい」と言った。

「口に入らないくらい大きくて、食べると口のまわりがソースだらけになりそうなのがあるでしょう？　テレビで見て、絶対食べたいって思ったんですけど、友達はみんな嫌がるから……」

お安いご用だった。今江は馴染《なじ》みのバーガーショップに菜穂子をエスコートし、巨大バーガーをご馳走した。なにもかもビッグサイズが売り物の店だったので、ポテトもサラダもコーラの紙コップまで呆れるほどの巨大さだった。菜穂子はそれらにいちいち眼を丸くしながら、巨大ハンバーガーにかぶりついた。

このときの感動を伝える言葉を、今江は知らない。

いかにも聡明なお嬢さんめいた菜穂子が、口のまわりをケチャップとソースで汚してハンバーガーを頬張る姿は、ミスマッチで、危なっかしくて、必死さが滑稽だった。今江が笑うと、菜穂子ももぐもぐと口を動かしながら笑った。笑いあいながら、目頭が熱くなった。泣きたくなるほどの幸福感というものがあるなら、このとき感じたものがたぶんそれだ。今江は瞳を潤ませているのが恥ずかしくて、顔から耳まで真っ赤に染めた。

「どうしたんですか？」

菜穂子は口のまわりをナプキンで拭いながら、罪のない顔で言った。

「ハンバーガー食べながら顔赤くしてる人、初めて見ました」

「いや……」

キミのせいだとは言えなかった。言えないくらいに本気になってしまい、動揺しきっていた。電話番号を交換できると天にも昇る気持ちになり、菜穂子と別れたあと、池袋の町を全速力で走ってしまったくらいだ。

当時二十二歳。初恋の年齢にしては遅すぎるけれど、それを否定することもまた、今江にはできなかった。


今江は高蝶に隠れて菜穂子と付き合いを重ね、会うたびにのめりこんでいった。

それは東京に来てよかったと思える……いや、この世に生まれてきてよかったと思える、唯一無二の出会いだったと言っていい。

幸運なことに、箱入り娘だった菜穂子にとっても、不良くずれの今江と過ごす時間は刺激的だったらしい。「友達とは行けないから」という理由でリクエストされるデートコースは、怖いと評判のホラー映画だったり、屋台の焼き鳥屋だったり、新宿二丁目のゲイタウンだったりした。容姿とは裏腹に好奇心が強く、悪戯心にあふれ、熱い情熱を胸に秘めた女だった。

情熱がいちばん露わになったのがベッドの中だ。

菜穂子の抱き心地は最高だった。乱れ方が艶めかしすぎて、抱いても抱いても抱き足りなかった。

最初に体を重ねたのは、何度目のデートのときだったろう。

五度目か六度目か……とにかくひと月以上の長い時間がかかったことだけは確かだ。仕事で行なうナンパでは、出会ったその日にベッドインできるように心がけていたけれど、菜穂子には通用しなかった。

「なあ、やらせてくれよ」

今江は菜穂子に会うたびに言っていた。初対面のときはさすがに言わなかったが、再会が叶ったデートのときから、口癖のように言っていたと思う。

「菜穂子ちゃんみたいな綺麗な子、見たことないんだ。記念に一回でいいからやらせてくれ。頼む、この通りだ。先っぽだけでいいから入れさせて……」

わざと下卑《げび》た言い方をしていたのは、照れくささのせいか、あるいはフラれたときのダメージを軽減するため、無意識に自己防衛本能が働いたのか。

今江は菜穂子の前で、いつも過剰にワルぶっていた。とくに最初のベッドインまではひどかった。そうしていないと、ただ同じ空気を吸っているだけで感極まって泣きだしてしまいそうになるからだった。

「先っぽだけって……」

菜穂子は露骨に嫌な顔をした。当たり前だった。

「そんな口説き文句、生まれて初めて聞きました。これからも聞くことはないでしょう」

「まあ、そう言わないで真剣にご検討していただけませんかね。こっちだって生まれて初めてなんだ。やらせてもらえたら死んでもいいって思った女は」

「ふふっ、死んでもいいとは大きく出ましたね」

菜穂子は笑った。

「でも、今江さんに死なれたら、わたし困るなあ。面白いところ連れていってくれる人がいなくなっちゃうもの」

「それって、少しは俺に気があるってこと？　パーセントで言ったらどれくらい？　やれる確率」

「やだ、もう。どうしてそればっかりなんですか？」

「そればっかり考えてるからだよ。寝ても覚めても、キミとやることばっかり」

「じゃあもっとわたしをわくわくさせて」

菜穂子は挑むような眼を向けてきた。

「そうしたら、その気になるかもしれないから」

「マジかよ」

「だって女の子だもん。わくわくさせてくれる人なら、好きになるかもしれないでしょ？好きになったら、抱かれてもいいって思うかもしれないでしょ？」

「よーし、言ったな。忘れるなよ、その台詞……」

今江は小躍りしそうになった。実際のところ、菜穂子の言葉を信じていなかった。寝てくれる確率など、限りなくゼロに近いように感じていた。下卑た台詞でベッドに誘っていたのも、どうせダメだろうという屈折した心情の現われに他ならない。

それでも頑張らずにいられないのが恋ならば、今江は恋に落ちてしまったのだ。

仕事でしているナンパでは、口説けそうにないと思ったら、あるいは口説くのに手間暇がかかりそうだと思っただけで、簡単に諦めた。かわりの女はいくらでもいるのだから、執着するより次を捜したほうが合理的なのだ。

しかし、菜穂子に対しては違った。

見返りや効果を考えず、なにかをしてあげたくなった。グルメ本を読みあさっては流行のレストランに連れていったり、デパートのアクセサリー売り場をうろうろしたり、それまでの自分には考えられなかった行動に出た。なにをやっているのだろうと思いつつも、自分で自分の振る舞いが新鮮だった。結果として菜穂子が喜んでくれれば、涙が出るほど嬉しかった。

ある日、日本橋にある高層ホテルのバーで飲んでいたときのことだ。

それもグルメ本で見つけだしたトレンディスポットだったが、四十数階から見おろす東京の夜景があまりにも見事すぎて、今江も菜穂子も呑まれてしまった。いつもならくだらないジョークをマシンガンのように繰りだして菜穂子の気を惹こうとする今江なのに、陶然として口もきけない状態になった。

吹き抜けにある巨大な窓の向こうに、光の洪水があった。この世のものとは思えないくらい、キラキラとまばゆく輝いていた。隣には菜穂子がいた。東京育ちのお嬢さまが、うっとりした顔をしていた。好奇心いっぱいに瞳を輝かせている顔はよく見たが、眼を細めてうっとりしている顔は初めて見た。それほど見事な夜景だったのである。

今江は東京に来てよかったとしみじみ思った。

その店のまばゆい夜景と菜穂子の横顔を眺めながら呑んだバーボンは、掛け値なしに生涯一の美味だった。

「ねえ……」

マリンブルーのカクテルを傾けていた菜穂子が、夜景を眺めたままつぶやいた。

「今日は言わないの？」

「んっ？」

今江は菜穂子の横顔を見つめた。眼の下が艶めかしいピンク色に染まっていた。

「ごめん。ちょっとぼうっとしてた。なんだって？」

「言わないのかなって。いつもの品のない決め台詞」

「ああ……」

今江は苦笑した。そう言えば、その日はまだ「やらせてくれ」と言っていなかった。

「いいよ、今夜は。なんていうか、その……俺みたいな男でも、ロマンチックな気分になることがあるんだな。そこまで望んだらバチがあたりそうだ」

「ふうん」

菜穂子はつまらなそうに唇を尖らせた。

「こういうシチュエーションで口説いてこないなんて、今江さんってホント、空気読めないね」

「そうか……」

今江は息を呑んだ。菜穂子の様子がいつもと違ったので、面食らってしまった。必死に自分を奮い立たせて、言葉を継いだ。

「でも、部屋はとってあるぜ」

「えっ？」

菜穂子は今江に顔を向け、大きな眼をひときわ大きく見開いた。

「どうせなら、ふたりきりの部屋で夜景を独占しようと思ったんだ。そろそろ移動するかい？」

「嘘でしょ？」

「嘘じゃない。本当に部屋をとってある」

もちろん、嘘だった。しかし、「嘘だろ？」と訊ねたいのは、今江のほうだった。菜穂子から、拒絶のムードがまったく漂ってこなかったからだ。よほどこのホテルの夜景が気に入ったのか、あるいはマリンブルーのカクテルに媚薬でも入っていたのか、ひどく無防備にトロンとした眼を向けてきた。

今江は手洗いに行くふりをしてボーイに部屋を手配させ、バーを出て宿泊階に向かった。菜穂子は黙ってついてきた。平然としたものだった。

部屋に入った。菜穂子は一目散に窓辺に向かい、カーテンを開いて夜景を見下ろすだろうと思っていた。しかし、部屋の真ん中で立ちどまり、ふたつあるベッドのひとつに腰をおろした。

「口だけじゃなかったんだ……」

菜穂子はベッドの上で小さく尻をはずませ、挑むような眼を向けて言った。

「やらせてやらせてって言ってるわりには、ちっとも強引さを見せないから、口だけの人かと思ってた」

そっちはお嬢さまに見えてけっこうな発展家だったんだな、と今江は言おうとしてやめた。菜穂子の華奢な肩が震えていたからだ。みるみるうちに、小刻みな震えが白いワンピースに包まれた全身に及び、挑むような眼つきが垂れ眼になって、いまにも泣きだしてしまいそうになった。

彼女にしても、今日は最初から覚悟してきたのかもしれない、と今江はそのときになってようやく気づいた。

本当にいいのかよ、と訊ねたかった。しかし、抱く前に言質をとるような男は最低だ。訊ねるかわりに、隣に腰かけた。肩を抱いてやると、震えが手指に伝染した。菜穂子は不安に曇った顔を向けてきた。

「夜景、見なくていいのか？」

菜穂子はコクリと顎を引いてうなずいた。

「先っぽだけ入れるほうがいいか？」

今度は首を横に振った。今江の心臓は停まりそうになった。入れるのが嫌なのではなく、先っぽだけでは嫌だという首の振り方だったからだ。

「……ぅんんっ！」

唇を重ねると、菜穂子は自分から口を開き、今江の口にぬるりと舌を入れてきた。可愛らしい感触のする舌だった。奥手に見られたくなくて、虚勢を張っていたのかもしれない。どこか無理して、自分から舌を入れてきたような感じだった。

それでも今江の頭には火がついた。見つめあうだけで感極まってしまいそうになる女と、ネチャネチャと舌をからめあっているのだ。自分から大胆に舌を差しこんできたせいだろうか。菜穂子の体の震えはとまったけれど、今度は今江の体が震えだした。戦慄にも似たなにかが、体の芯からこみあげてくる感じだった。

「ぅんんっ……ぅんんんっ……」

菜穂子の舌の動きは、ぎこちないけれど情熱的だった。あなたが欲しいという心の声が生々しく聞こえてくるキスをした。

そんな女は初めてだった。

服を脱がしてベッドに押し倒すと、菜穂子はますます情熱的になった。自分から男の体を撫でまわし、ペニスを口にすることを厭《いと》わなかった。

キスのときと同じように、虚勢を張っているのかどうか、今江にはわからなかった。わからないほど翻弄されていた。薔薇《ばら》の花びらに似た菜穂子の唇がおのが男根をぴったりと包みこんだ瞬間、全身が紅蓮の炎に包まれた。喜悦の涙をこらえることで精いっぱいで、身悶《みもだ》えながら首に筋を浮かべ、必死に歯を食いしばった。きっと恐ろしく不細工な顔をしていたに違いない。

「いくよ……」

正常位で菜穂子の中に入っていった。はちきれんばかりに勃起していたが、情けないことにその瞬間の記憶はおぼろげだ。頭の中が真っ白になり、ふわふわと雲の上を彷徨《さまよ》っているように現実感がなかった。先っぽだけではなく根元まで深々と埋めこんだはずだが、夢中で菜穂子を抱きしめていたことしか覚えていない。

現実感が戻ってきたのは、菜穂子が上になってからだ。彼女は自分から上になりたがった。騎乗位の体勢を整えると、淫らなほど腰を使ってきた。容姿とのあまりのギャップに、唖然とさせられたことをよく覚えている。

「んんっ……くぅううっ……」

菜穂子は眉根を寄せてせつなげにあえぎながらも、容赦なく腰を振りたててきた。肉づきのいい左右の太腿で今江の腰を挟み、股間をしゃくるように動かした。ずちゅっ、ぐち

ゅっ、と汁気の多い肉ずれ音がたつと、

「ああっ、いやあっ……いやいやいやっ……」

長い黒髪を振り乱して羞じらったが、腰の動きはとまらなかった。むしろピッチがあがっていった。羞恥心を振りきるように、むさぼるような腰振りを披露した。上体を被せて口づけをしてきた。舌をからめあいながら尻をはずませ、

「いいっ……いいぃいいいいっ……」

清楚な美貌をくしゃくしゃにして、よがりによがった。

やがて今江はこみあげてくるものを我慢できなくなった。

雄々しい声をあげ、会心の射精を遂げた。

最後の一滴まで漏らしきったはずなのに、乱れていた呼吸が整うと、もう一度挑みかからずにはいられなかった。

菜穂子も応えてくれた。

朝までに、五度も六度も射精した。いくら二十代前半の若いころとはいえ、あれほど立てつづけに女を求めたことはない。

「びっくりした……」

ミルク色に明けていく空を見ながら、今江は言った。

「キミが……菜穂子がこれほどエッチな女だったなんて、夢にも思わなかった……」

「わたしもびっくり……」

菜穂子は精根尽き果てた様子で、オルガスムスの余韻に浸っていた。

「自分がこんなにエッチな女だったなんて思わなかった……たぶん、比呂彦さんのせい……比呂彦さんの前だと、自分でもびっくりするほど大胆になっちゃう……」

「そうか……」

今江は男として生まれてきた悦びを噛みしめていた。射精後で全身が重く、いまにも眠りに落ちてしまいそうだったが、気持ちは満たされていた。まるで薔薇色の雲の上に浮かんでいるみたいだった。

愛のあるセックスと、愛のないセックスの違いを思い知らされた。

もてあました性欲を吐きだすためだけのセックスは、排泄にも似ている。だが、射精は排泄ではないし、勃起するためには気持ちの高まりが必要だから、愛のないセックスは事後に気持ちが取り残され、心がざらりと荒れるのだ。

一方、愛のあるセックスは、興奮が過ぎ去っても愛が残る。女に感謝し、神様にだってありがとうと言いたくなる。そんな人生における真実を、今江は菜穂子を抱くことで身に染みて実感することができたのだった。

体を重ねて以来、今江はますます菜穂子にのめりこむこととなった。

必然的に仕事への意欲は低下していった。

愛のないセックスをしたくなかった。それに、女をナンパしてフーゾク嬢にする仕事をしているなんて、菜穂子にはとても言えない。愛する女に誇れる仕事に就きたかった。菜穂子には「郷里の先輩が社長をしてる会社で、飲食店の経営コンサルタントみたいなことをしてる」と言ってあったが、そんな胡散臭い嘘を吐きつづけているのもつらかった。

しかし一方で、金も必要だった。

お嬢さま女子大に通う菜穂子はかなり裕福な家庭に育ったらしく、好奇心でハンバーガーや屋台の焼き鳥を食べたがる反面、高級レストランや高級ホテルにも普通に行きたがった。普通に、というところがポイントで、罪のない顔で当たり前のように「行きましょうよ」と言うのだ。

もちろん、今江が断れば無理強いはしなかっただろう。

「予算に合わないから、今日は別の店にしようぜ」

と言って許してくれないほど、菜穂子は意地の悪い女ではなかった。

男としてそれはできない、と今江が頑なに思っていただけだ。

むしろ率先して高級な店や贅沢なプレゼントをしていたような感じだが、そういうことをすればするほど、彼女との経済的な格差が浮き彫りになっていった。要するに、生まれも育ちも違ったのである。

今江などは、菜穂子とのファーストベッドインのとき、清水の舞台から飛び降りるような決死の覚悟で外資系の高層ホテルに初めて足を踏みいれたのに、菜穂子は平然としていた。コース料理が二万円のフレンチレストランに行っても、会計がふたりで七万円を超えた寿司屋に行っても、高額な料金に対して物怖じすることなく、それを支払う今江に特別な気を遣うこともなかった。

金を稼がなければならなかった。

それでもやはり、以前のようにはナンパに身が入らず、女を落とす寸前で逃がすことも多くなった。ぼんやりした彼女たちでも、いつか本当に愛に目覚めるかもしれず、そのためにはフーゾクなんかで働かないほうがいいのではないか、と偽善者のようなことを考えたりもした。

「先輩、もうこんな仕事やめませんか?」

あるとき、高蝶に言った。

「ふたりで別の仕事を始めましょう。会社つくるとか、店を出すとか。俺、もっと真っ当な仕事をしたいですよ……」

言いおわる前に、高蝶の拳が今江の顔面にめりこんだ。本気のパンチだった。今江は部屋の壁まで吹っ飛ばされ、顔中がドス黒い鼻血にまみれた。

「なに言ってんだ、この野郎！　最近仕事に気が入ってないと思ってたら、そんなこと考えてやがったのか。なにが真っ当な仕事だよ。スカウトは金にもセックスにも困らねえ、最高の仕事じゃねえか」

高蝶は苛立っていた。

今江の発言のせいだけではない。

歌舞伎町で本職のスカウトマンたちにリンチを受けて以来、人が変わったように笑わなくなっていた。中学時代から喧嘩自慢のヤンチャな男だったから、多勢に無勢とはいえ一方的に袋叩きにされたことがショックだったのだろう。

おまけに有力な狩り場だった新宿に行けなくなるわ、手下の後輩は女に溺れて仕事をしないわでは、苛立っていて当然だった。

しかし、今江にも言い分があった。

高蝶の苛立ちはわかるものの、そのころの彼は以前にも増して容赦ないやり方で女をフーゾクに追いこむようになっていた。女に彼氏がいることがわかると、呼びだしてボコボコに殴って別れさせたり、セックスの最中のあられもない写真を撮影し、それで脅していたこともあった。

いくらなんでもやりすぎだった。

今江が仕事を変えようと切りだした背景には、そんな事情もあったのだ。このままやり方がエスカレートしていけば、いずれは警察沙汰にだってなるかもしれなかった。もちろん、豚箱に入れられたりするのはまっぴらごめんだった。

高蝶と今江は、椎名町のボロアパートにまだ家賃を払いつづけていた。

基本的には西池袋の小綺麗なワンルームマンションにふたりで住んでいたのだが、片方が女を連れこんだときの保険である。

今江はなんだかんだと理由をつけて、一日に一度はボロアパートに泊まるようになった。菜穂子は広尾《ひろお》にある実家で暮らしているから転がりこむわけにはいかなかったし、引っ越し費用もなかったのでしかたがなかった。

一方高蝶は、今江が気持ち的にも物理的にも自分と距離をとろうとしていることを敏感に察知したらしく、急に下手に出てくるようになった。基本的には淋しがり屋な男だったし、仕事がポシャッてしまうことを恐れたのだろう。女をふたりで順番に抱いてしまうことが、いまだ女をフーゾクに追いこむ最強の切り札だったからだ。

今江にしても、せめて引っ越し代が貯まり、次の仕事の目星がつくまでは稼いでおきたかったから、高蝶の変節はありがたかった。

小鳩早紀を紹介されたのも、たしかそのころだ。

彼女が働いていたキャバクラで飲んだ帰り道、

「マジで付き合っている女なんだ」

と高蝶は赤く上気している顔で自慢げに言った。

「色恋営業のカモにされてるわけじゃねえから、勘違いすんなよ。あいつ、ああ見えて店の外でいっさい見返りを求めてこないんだ。店じゃまあ、立場もあるからシャンパン抜いたりしなくちゃいけないけどさ。だから、マジで惚れて、マジで付き合ってる。いずれはその……結婚とかだって考えちゃうかもしれねえ」

その言葉に今江は安堵した。本気で好きになった女がいるのなら、早晩女をフーゾクに追いこむ仕事に嫌気が差すだろうと思ったからだ。口幅《くちはば》ったい言い方だが、菜穂子に出会った自分のようにだ。

甘かった。

高蝶はもはや、色と欲に駆られた鬼畜になっていたのだ。

その後今江は、高蝶が血も涙もない最低の男に変わり果ててしまったことを、嫌というほど思い知らされることになる。

「ねえねえ、わたしそのボロアパート、すごい興味ある。トイレも共同のアパートなんて見たことないから、一度連れてってよ」

菜穂子の言葉に、今江は虚を突かれた。

キラキラと眼を輝かせた菜穂子は、初対面のとき、頬張りきれないくらい大きなハンバーガーが食べたいと言ったときによく似た顔をしていた。

話の発端は、こんな具合だった。

「なんだか最近、ひとり暮らしみたいな感じになっちゃってね。先輩とふたりで住んでるのも気を遣って大変だったけど、ひとりはひとりで淋しいもんだな」

今江の言葉に、菜穂子は返した。

「ふうん。じゃあわたしが遊びにいってあげましょうか？」

「いやあ……」

今江は苦笑いするしかなかった。

「それがひどいボロアパートなんだよ。倉庫のほうがまだマシって感じの。とても人を呼べるようなところじゃない」

「ボロアパートってどれくらい？　お風呂とか付いてないの？」

「風呂どころか、トイレも共同」

「すごーい。そんなアパートまだあるんだ。なんて名前？」

「雨月荘」

「ぽいなー。幽霊とか出る？」

「ハハハッ、まさか。でも、六畳ひと間に、狭い台所が付いてるだけでね。カーテンは皺くちゃだし、襖《ふすま》は破れてめくれてるし、畳は赤茶けててひどいところさ。早く金貯めてまともなところに引っ越したいよ。そうすれば、気兼ねなく菜穂子を呼べる。ふふっ、一緒に住んだっていい」

今江は自分のやくたいもない妄想に、もう一度苦笑いした。広尾に住むお嬢さま女子大生と同棲するには、いったいどれくらい稼がなければならないのだろうか？

「ねえねえ、わたしそのボロアパート、すごい興味ある。トイレも共同のアパートなんて見たことないから、一度連れてってよ」

「んっ？」

なにを言いだすんだ、という顔で今江は菜穂子を見た。意外なところで、お嬢さまの好奇心に火をつけてしまったらしい。

「よせよせ、綺麗なおべべが汚れるだけだ」

「じゃあ、掃除してあげるから」

「そういう問題じゃないんだよ。それより、ディズニーランドだろ？　今度ディズニーランドの前にあるホテルに泊まろうっていう話をしてたんじゃないか」

「ディズニーランドもいいけど、ボロアパートにも行きたい」

菜穂子は言いだしたら聞かないところがあった。

しかたなく今江は招待してやることにした。

約束した日はあいにくの雨だった。

よけいに気分が滅入ったけれど、待ち合わせの池袋駅に現われた菜穂子は、秘境の探検隊にでも加わったような、わくわくした顔をしていた。雨の中傘を差し、雨月荘まで連れていくと、眼の輝きがマックスになった。

「うわあ、すごい……ホントに言ってたとおりだね……昭和って感じ、昭和遺産」

共同トイレをのぞき、ギシギシ軋む階段をのぼりながら、菜穂子は興奮を隠しきれなかった。声をひそめていたが、心臓のはずむ音まで聞こえてきそうだった。

「やっぱり、ディズニーランドにしとけばよかったろう？」

菜穂子を部屋に通した今江は、苦笑するしかなかった。

時刻は午後の早い時間だったが、雨のせいで室内は暗かった。蛍光灯をつけた。気のせいかやけに白々と感じられた。いつもより明るすぎる感じがし、おかげで部屋のみすぼらしさが際立って恥ずかしかった。

「ううん、そんなことない。来てよかった」

菜穂子は大学の授業の帰りだった。お嬢さま女子大というのはキャンパスでファッションセンスを競いあうのが常らしく、フリルが付いた紫色のブラウスも、黒にシルバーのストライプが入ったミニスカートも、黒いダイヤ柄のストッキングも、ファッション雑誌の読者モデルのように華やかだった。もちろん、アクセサリーや腕時計なども抜かりなく、高級ブランド品らしき主張を絶やしていない。

「迂闊《うかつ》に歩くとストッキングが伝線するぞ」

苦笑する今江を尻目に、菜穂子は赤茶に焼けてケバ立った畳の上を動きまわり、窓を開けたり、押し入れの中をのぞいたり、忙《せわ》しなかった。まったく、お嬢さまというのも厄介な生き物だ。広尾なら駐車場も借りられないような家賃の部屋がよほど珍しかったらしく、レトロと呼ぶにはあまりに生活感あふれるキッチンの様子に眼を丸くし、薄くなりすぎた煎餅《せんべい》布団にまで感心していた。

そんな菜穂子を眺めながら、今江はまぶしげに眼を細めずにはいられなかった。

まさしく掃きだめに鶴だった。

彼女がいれば、こんなボロアパートでもまぶしいほどに明るくなるのだ。

しかし、部屋の中がやけに明るく感じられたのは、菜穂子が美しかったせいだけではなかった。気のせいではなく、蛍光灯が新しいものに替えられていたのだ。

迂闊なのは今江のほうだった。このとき蛍光灯が替えられていたことに気づいていれば、天井に仕掛けられた盗撮カメラを発見できたかもしれない。

「さあ、もう充分だろう」

菜穂子がひととおり部屋を見終わると、今江は言った。

「こんなところにいてもしようがないから、お茶でも飲みにいこう。ケーキのおいしい店、探しといたから」

「ええっ？」

嘘でしょう？　という眼で菜穂子は今江を見た。

「もう帰っちゃうの。つまんない」

「こんなところにいるほうが、よっぽどつまんないよ」

「そんなことないよ」

好奇心に輝いていた菜穂子の眼が、不意にねっとりと潤んだ。

「お茶なんか飲みにいくより、お昼寝しない？　わたし、最初からそのつもりで来たよ。こういうところでいたしちゃうのも、なんだか燃えちゃいそうじゃない？」

「……困ったやつだな」

苦笑して首を振る今江に、菜穂子は身を寄せてきた。今江はそっと抱きしめた。つやつやと絹のように輝く長い黒髪から漂ってくる女らしい匂いが、甘い眩暈を誘った。

「責任とってよ、ヒロくん……」

菜穂子は胸に顔を押しつけて言った。何度もデートを重ねるうち、彼女は今江のことをそんなふうに呼ぶようになっていた。

「わたし、ヒロくんと付き合ってから、どんどんエッチな女になっていくみたい……ヒロくんと会ってないときも、ヒロくんのことばっかり考えてる……ヒロくん、今度はどんなエッチしてくれるんだろうって……」

「本当にここでしたいのか？」

菜穂子は今江の胸に顔を押しつけたまま、コクリと小さくうなずいた。

「ストッキングが伝線してもいいよ。ううん、破っちゃってもいい。ヒロくん、獣になっちゃって。野獣みたいにわたしを抱いて……」

顔をあげ、唇を差しだしてくる。

もし時間を巻き戻せることが可能なら、そこから人生をやり直したい、と今江は思う。痛切に思う。このとき無理にでも部屋を出ていけば、盗撮カメラの前で菜穂子に恥をかかせることにはならなかったし、その後のふたりの運命もいまとはまったく別のものになったに違いない。

しかし、菜穂子を胸に抱いた今江に、余計な気をまわすことなどできなかった。今江も興奮していたからだ。このボロアパートの赤茶けた畳に菜穂子を押し倒したらどうなるだろう？　いつも小綺麗なホテルの糊の効いたシーツの上でしかまぐわっていないお嬢さまを、こんなところで裸に剝いたら……先ほどからそんなことばかりを考え、考えるほどに欲望は燃え盛っていった。

「ぅんんっ……」

唇を重ね、舌をからめあった。菜穂子の紫色のブラウスは光沢のある素材で、胸をまさぐるとつるつるした手触りが心地よかった。その下で、柔らかな胸のふくらみがブラジャーに包まれていた。菜穂子の乳房は豊かだった。気品のある顔立ちをしているくせに、出るところはきちんと出ている。おまけに、服の上から揉みしだいているだけでせつなげに眉根が寄ってしまうほど、感度も最高だ。

「獣になってやる……」

今江は呼吸を荒らげながら、菜穂子を畳の上に押し倒した。

「だから菜穂子は、牝犬《メス》になるんだぞ。おまんこされながら、あんあん尻尾を振って悦ぶ牝犬に……」

「いやっ……変なこと言わないでっ……」

菜穂子は身悶えて首を振ったが、興奮を隠しきれなかった。彼女には少しマゾっぽいところがあった。ベッドで男に支配されることを好み、恥をかかされるほどに興奮していく性癖の持ち主だった。

逆に言えば、いつも新鮮なサプライズと、刺激的なセックスを求めてきた。今江にとって、ある意味、ブランド品のバッグやアクセサリーよりずっと難しいプレゼントだった。難しいけれど、渡したときの悦びもまた、ずっと大きかった。

「まったくスケベな女だよ……」

今江は真っ赤に上気した鬼の形相で、ブラウスのボタンをはずしていった。ゴールドベージュのブラジャーを強引にめくりあげ、たわわに実った乳房を露わにした。

「ああんっ……」

「お嬢さまのくせに、こんなボロアパートでおまんこしたがるなんてな。聖清女子大生が聞いて呆れるぜ。そら、もう乳首が物欲しげに尖ってる」

「言わないで、ヒロくんっ……意地悪言わないでっ……」

菜穂子はいやいやと身をよじったが、新鮮な空気にさらされたピンク色の乳首は、まだなにもしていないのにむくむくと隆起していった。言葉責めに反応しているのだ。

「ふんっ。意地悪されて悦んでるくせに、よく言うよ」

今江は豊かな乳肉をやわやわと揉みしだいた。ブラジャーのホックをはずさないまま、強引にずりあげているので、乳房の形がひしゃげていた。顔立ちもスタイルも麗しいだけに、乳房だけがひしゃげている姿がたまらなく卑猥だった。今江は馬乗りになって、両手で乳房を揉みくちゃにした。搗《つ》きたての餅のように揉み心地に陶然としながら、舌を伸ばし、乳首をくすぐった。

「ああっ、いやあああっ……いやあああっ……」

菜穂子は長い黒髪を波打たせながら、左右の乳首を限界まで尖りきらせた。口に含んで吸ってやると、ひいひいと喉を絞ってよがり泣いた。鳴きのいい女だった。けれども羞じらい深さも人並み以上にもちあわせていて、必死に口を閉じて声をこらえようとする。その姿が、またそそる。

今江は馬乗りになった体を後ろにずらしていくと、菜穂子からミニスカートを奪った。ダイヤ柄の黒いストッキングに包まれた下肢は、眼もくらみそうなほどエロティックだった。ヒップから太腿に流れる女らしいカーブが、ぴったりとそれを包みこんだ極薄の黒いナイロンによってひときわ鮮明になっていた。透けたショーツの股間への食いこみ具合もいやらしく、今江は眼を血走らせて菜穂子の両脚をM字に割りひろげた。

「いやあああああーっ！」

涙に潤んだ悲鳴をあげて、菜穂子は首を振ったが、その股間からは淫らな熱気をむんむんと放っていた。

今江は顔を押しつけて頬ずりした。鼻を鳴らして匂いを嗅いだ。菜穂子の股間はいつだって麗しい匂いがした。ストッキングやショーツが放つ微量の芳香と、獣じみた牝のフェロモンが混じって、欲情を激しく揺さぶりたててくる。

「嗅がないでっ！　そんなところの匂い、嗅がないでっ！」

菜穂子はいまにも泣きだしそうな顔で哀願してきたが、今江がくんくんと鼻を鳴らすほどに、股間の熱気はますます熱くなり、獣じみた牝のフェロモンは刻一刻と濃厚になっていくばかりだった。

今江がビリビリッと乱暴にストッキングを破ると、

「電気を消してっ！　ねえ、ヒロくん。電気を消して暗くしてよっ！」

としきりに訴えてきたが、それも興奮と裏腹だった。そもそも、彼女がこの部屋での情事を望んだのである。暗くしてしまったら、ホテルと変わらない。

「ダメだ。明るいところでじっくり見てやる」

ゴールドベージュのショーツに指をかけた今江は、興奮のあまりふうふうと鼻息をはずませていた。この部屋の蛍光灯であれば、高級ホテルのムーディな間接照明では見えなかったところまで、じっくり拝めそうな気がしたからだ。

ショーツを片側に寄せ、女の花を剝きだしにした。

アーモンドピンクの花びらは、発情の蜜に濡れまみれて卑猥な光沢を放っていた。草むらは優美な小判形をしていたが、興奮に逆立っていた。剝きだしにした瞬間、むっと湿った匂いが鼻をついた。菜穂子はここの匂いが強い。酸味の強いチーズのような匂いが、欲望の深さを伝えるようにあたりに拡散していく。

割れ目を指でひろげ、薄桃色の粘膜を露出すると、匂いはいちだんと濃くなった。

今江は鼻奥で匂いをじっくり堪能しながら、菜穂子の恥部をむさぼり眺めた。白々とした蛍光灯の光は、ムードもなにもなかったけれど、粘膜の色艶や濡れ具合、繊毛の一本一本まで確認することができた。見れば見るほど、お嬢さまめいた容姿との激しいギャップを感じた。菜穂子の顔は羞じらって頰をひきつらせてなお美しいのに、ひろげた割れ目はどこまでも獣じみていていやらしい。

「見ないでっ！　そんなに見ないでっ！」

言いながらも、粘膜の奥から発情の蜜をタラタラと漏らす。早く刺激してちょうだいとばかりに、薄桃色の肉ひだを蠢《うごめ》かせて挑発してくる。

しかし、すぐさま愛撫を開始してしまうのはいかにも惜しく、今江は割れ目をひろげていた指で、今度はクリトリスの包皮を剝いた。肉の合わせ目に埋まっていた真珠肉を露わにし、カヴァーを剝いては被せ、被せては剝く。透明感のある珊瑚色に色づいてツンと尖ったクリトリスがぴくぴくと身悶えだす。

「ああっ、いやあああっ……いやああああっ……」

菜穂子は全身を羞恥にこわばらせた。剝き身のクリトリスにふうっと息を吹きかけてやると、のけぞってガクガクと腰を震わせた。

天井に盗撮カメラが仕掛けられ、部屋を真上から見下ろしていると知っていれば、誰がそんなふうに凝視しつづけただろう？

なにも知らない今江は、まるで盗撮カメラの向こうにいる人間を悦ばせるかのように、聖清女子大に通うお嬢さまの恥部という恥部をひとつひとつ丁寧にさらけだし、時間をかけてじっくりと鑑賞してしまった。

それから、割れ目に口づけをして、舐めた。舌を躍らせて、大胆にむさぼった。

「あぁううぅ……くぅううぅーっ！　はぁあああぁーっ！」

菜穂子の悲鳴は甲高くなっていくばかりだったが、外は雨だった。雨音が時折激しくトタン屋根を叩いた。菜穂子が放つ淫らな悲鳴も、部屋の外まで届かないと思われた。

クンニリングスはやがてシックスナインになり、お互いの性器を舐めあった。菜穂子とそれを行なうときは、横向きでするのが常だった。女の花を舌で責めながら、菜穂子がペニスを頬張っている顔を眺められるからである。

たまらない光景だった。

美しい顔は男根を咥えると、美しさを超えて神々しいほど淫らになる。

「ねえ、ちょうだい……もう入れて……」

菜穂子は口のまわりを唾液でベトベトにしながら哀願してきた。

「なにをどこに入れてほしいんだよ？」

今江の口のまわりも、菜穂子の漏らしたものでベトベトだった。

「ちゃんと言ったら入れてやるぞ。ほら言ってみろ」

「言えないっ……そんなこと言えませんっ！」

欲情しきって震えているくせに、菜穂子は淫語を口にすることだけは頑なに拒み、今江はいつだって、そのいやらしくも可愛らしい様子に降参してしまう。スケベな意地悪に興じていられなくなり、菜穂子を抱きしめたくなる。おのが男根で深々と貫き、我を忘れるくらいよがり泣かせてやりたくなる。

「よし。入れてやるから牝犬みたいに泣くんだぞ……」

菜穂子を四つん這いにして繋がると、今江は後ろから怒濤《どとう》の連打で突きあげた。菜穂子はいつにも増してよく鳴いた。

「あああっ……いいっ！　いいっ！　すっ、すごいいいっ……」

衣服をほとんど着せたままで、恥部だけを露出させていた。暑かったせいもあったのだろう。激しくよがりだすと、首筋や耳を真っ赤に紅潮させ、生々しい汗の匂いを振りまいた。

今江は手応えを感じていた。二十歳の菜穂子の体が女を開花させ、いままでとは似て非なる本格的なオルガスムスに向かって突き進んでいることを、繋がっている部分から察知していた。

用意したプレゼントを渡すときだった。

今江は常日頃から次のベッドインで菜穂子をどんなふうに責めようか、淫らなアイデアを練りに練っていた。その日のサプライズは初めての背面騎乗位だった。四十八手で言えば、「撞木反り《しゆもくぞ》」という難しい呼び名になる。お互いが仰向けになり、上になった女が両脚を開いて、男が下から突きあげる体位だ。

「いっ、いやあああっ……」

いささかアクロバティックな体位に、菜穂子は最初悲鳴をあげたが、体には火がついていた。男根を咥えこんだ蜜壺はしっかりと食い締めて離さず、今江が下から突きあげるたびに、じゅぼじゅぼと卑猥な肉ずれ音をたてた。

「ああっ……はぁあああっ……」

「おまんこ、すごい締まりだぞ……」

耳元でささやくと、紅潮した耳殻がますます真っ赤に燃えていった。

「チンポが食いちぎられそうだ。こんな恥ずかしい格好で、イキそうなのか……」

「いじめないで、ヒロくんっ……そんなに意地悪言わないでっ……」

菜穂子は今江の口を塞ごうと、首をひねってキスをしてきた。今江は舌をからめて応えつつも、言葉責めの代わりに指を使った。仰向けで両脚を開き、無防備にさらされているクリトリスをいじり転がした。そうしつつ、下からぐいぐい律動を送りこんだ。

「はっ、はぁおおおおおーっ！」

菜穂子はキスを続けていられなくなり、獣じみた咆吼《ほうこう》を放った。全身が恍惚の予感にぶるぶると震えだしたことが、今江にもはっきりと伝わってきた。

「イッ、イッちゃうっ……そんなことしたらっ……そんなことしたらあああっ……」

菜穂子の声は断崖絶壁の上に立たされたようにひきつっていた。恐怖を感じてしまうほど、巨大な恍惚が迫っているようだった。

「イクッ！　イッちゃうっ！　もうダメっ……イクイクイクイクッ……はぁおおおおおおおおおおおおーっ！」

両脚を大きく開いたまま背中を弓なりに反らせ、骨が軋むような勢いで全身をこわばらせると、次の瞬間、ビクンッ、ビクンッ、と跳ねあがった。五体の肉という肉を淫らがましく痙攣させて、オルガスムスにゆき果てていった。

「むううっ！」

今江はビクビクと跳ねる女体を下からしっかりと抱きしめて、煮えたぎる欲望のエキスを放った。

オルガスムスに達した女の中に射精するのはいつだって眼もくらむほどの快感があるが、その日の菜穂子はとびきりだった。いつまでも長々と射精を続け、やがて意識を失ってしまった。ほんの十数秒ほどのことだったが、射精をしながら失神するほどの快感に達したのは、後にも先にもこのときだけである。

気がつくと、菜穂子が横からしがみついていた。震えて泣いていた。

「こんなの初めて……こんなによかったの、わたし初めて……」

震える声を絞りだすようにして言う菜穂子を、今江は抱きしめた。きつく抱きしめた。服が邪魔だった。生まれたままの姿で抱きしめたくなり、一枚一枚服を脱がして全裸にすると、程なくして新たなる欲望がこみあげてきて、そのまま二回戦に突入した。

＊

「……ふうっ」

今江は大きく息をついてベッドに転がった。胸がざわめきすぎて、椅子に座っていられなかった。

菜穂子のことを思いだすと、いつもそうだった。思い出がまぶしければまぶしいほど、その後に訪れた闇の深さに眼がくらむ。残りの人生を塗り潰してしまうような暗黒に恐怖を覚えてしまう。正視すれば正気を失いそうになり、かといって眼をそらすこともできない、絶望だけがそこにあった。

＊

雨月荘での情事から、ひと月ほど経ったある日のことだ。

今江は秋葉原《あきはばら》の路地裏にある、マンションの一室にいた。

裏ＤＶＤを取り扱う、アダルト系の闇ショップだった。

菜穂子がいつもの好奇心を発揮して、ＡＶが観てみたいと言いだしたからで、せっかくだからノーモザイクのどぎついものを入手していこうと思いたったのだ。タイトルが並んだカタログで五枚ほど選んで買い求めた。

銀座で菜穂子と落ちあい、イタリアンレストランでディナーをとってから、予約してあったホテルに向かった。食事をしながらも、街を散歩していても、菜穂子が裏ＤＶＤを観てどういう反応を示すのか、楽しみでしかたがなかった。

「こんないいホテルに泊まらなくても、ラブホテルに行けばＡＶなんていくらでも観られるんだぜ」

チェックインした部屋で今江が言うと、

「ラブホテルはラブホテルで一度くらい行ってみたいけど、そこでＡＶまで観るのは嫌なの。なんか貧しい感じがするじゃない？」

菜穂子は育ちのいい女にしか許されないツンと澄ました顔で答えた。

銀座の隠れ家的ホテルで、センスのいい調度に囲まれて観るAVは、なるほどゴージャスかもしれなかった。しかも一緒に観る相手は、聖清女子大に通う美しいお嬢さまだ。他人のセックスを鑑賞したあと、好奇心を満たされた彼女がどれほどベッドで乱れることになるのか、今江は想像しただけでわくわくしてしまった。

「じゃあ、これから観ようか」

DVDを素っ気ないビニール袋から抜き、デッキにセットした。裏ものなので写真のついたパッケージケースなどなく、タイトルが印字されているだけだ。

「なになに？『現役・聖清女子大生』……やだあ」

タイトルを読んだ菜穂子が、酸っぱい顔で苦笑する。

「同級生が出るかもしれないぜ」

今江は淫靡な笑みを返した。菜穂子の通っている大学名をカタログで見つけたので、真っ先に選んだ一枚だった。素っ気なく地味なタイトルが逆に、リアルな匂いを漂わせていた。

「ないと思うなあ。うちの学校、そういうのすごく厳しいから。芸能活動だって禁止だし」

「へええ、そうなの？」

「そうよ。だから知名度のわりには、うち出身の有名人って少ないでしょう？　女子アナとかもね、就職活動の段階で邪魔されるから。ＡＶなんて出たら大騒ぎ、即刻退学じゃないかしら」

もちろん、出演している女の子が本物の聖清女子大生なのかどうかはわからない。裏ものともなれば言ったもの勝ちみたいなところがあるから、可能性は低いに違いない。今江にしても、本気で菜穂子の同級生の出演を期待したわけではなく、遊び心で買ってきただけだ。

液晶テレビの画面が明るくなった。

瞬間、今江は得体の知れない気持ち悪さを感じた。映っているのは古めかしい和室だった。天井からの真俯瞰《ふかん》の構図だ。

気持ち悪さの正体は、デジャヴ＝既視感だった。カメラが別のポジションに切り替わり、部屋に入ってきた男女の姿をとらえると、後頭部を鈍器で殴られたような、明確な衝撃が訪れた。

自分たちが映っていたからだ。

「嘘……」

菜穂子が青ざめた顔で口を押さえる。

今江も自分の顔から血の気が引いていくのを感じた。

そこから先は、時間経過の感覚がない。

画面の中で、紫色のブラウスを着た菜穂子を今江が抱きしめた。乳房を取りだし、ミニスカートを脱がし、クンニリングスやシックスナインを経てバックで繋がる。体位はやがてお互いが仰向けになった背面騎乗位になり、天井に仕掛けられた盗撮カメラは、菜穂子がM字開脚で男根に串刺しされている様子をもっとも卑猥な角度からとらえ、オルガスムスに至るまでの一部始終を冷徹に記録していた。

性器にモザイクはかかっていなかった。そそり勃った男根も、それに貫かれている女の花も剝きだしで、白濁した本気汁まで生々しく確認できた。

裏ものにありがちなやり方だが、男の顔だけには雑なモザイクが施してあった。

一方、菜穂子のよがり顔は、寄せた眉根の深さまで鮮明にわかった。

「イクッ！　イッちゃうっ！　もうダメっ……イクイクイクッ……はぁおおおおおおおおおーっ！」

自分のあげている獣じみた悲鳴を聞くに堪えなくなったのだろう。菜穂子はリモコンでテレビとDVDデッキのスイッチを切った。

「……なんの冗談？」

泣き笑いのような顔で訊ねてきた。

「あの部屋にカメラが仕掛けてあったの？　やめてよ。こんなの誰かに見られたら、わたし、身の破滅じゃない」

今江は言葉を返すことができなかった。そうであったなら、どれだけよかっただろう。好奇心旺盛なお嬢さまを驚かすために、自分で盗撮カメラを仕掛け、密かに編集していたのであれば、なんの問題もない。菜穂子は呆れながらも興奮し、このまま熱い情事に突入したかもしれない。

しかし、事実はそうではなかった。

今江は自分の足で秋葉原の裏DVD屋に出向き、金を出して買ってきたのである。つまり、誰でも買えるものなのだ。救いと言えば、レンタルビデオ店に置かれている表のAVではないから、広くは流通していないことだけ……。

いや……。

今江は険しい表情でソファから立ちあがった。鞄《かばん》の中からノートパソコンを取りだし、LANケーブルに繋いだ。ホテルの部屋にDVDデッキがなかった場合に備え、念のため用意してあったのだ。

検索エンジンに「聖清女子大生、無修正、動画」と打ちこんでみると、一万件以上がヒットした。海外のサーバーを経由して裏動画を販売しているサイトもあったし、品のない感想を書きこんだ掲示板が無数に見つかった。掲示板では、女の正体を特定しようという動きが目立った。誰もが、聖清女子大という高嶺の花のブランドと、それに見合う清楚な容姿の女子大生の大胆なセックスに度肝を抜かれ、興奮状態に陥っていた。ネット用語で言うところの「祭り」というやつだ。

「なんなの……」

菜穂子はモニターをのぞきこんで呆然と眼を見開いた。顔の薄い皮膚がさざ波のようにぶるぶると震えだした。今江は、菜穂子の顔が剝がれ落ちるのではないかと怖くなった。

「どうして？　ねえ、ヒロくん、どうしてこんなことになっちゃったの？」

「それは……」

今江は心の平衡を失っていた。あの部屋に盗撮カメラを仕掛けたとなれば、犯人は高蝶以外には考えられない。なぜそんなことを……いや、それよりも今後のことだ。世間に女の恥をさらしてしまった菜穂子の未来はどうなる？　深窓で大切に育てられた花が無惨に散らされてしまうイメージが脳裏をよぎり、胸が張り裂けそうになった。

「理由を言ってっ！」

菜穂子が叫んだ。

「どうしてこんなことになっちゃったのか、ヒロくんなりに思い当たることを言ってみて。ヒロくんの部屋で起こったことなんだから……」

顔の皮膚を剥がれ落ちそうなほど震わせつつも、菜穂子は聡明で気丈だった。

今江は混乱のまま、自分の素性を話した。

いままで隠していたけれど、本当は女をフーゾクに追いこむ仕事をしている。その兄貴分である男が、おそらく犯人だ。理由はわからないが、金に眼がくらんだとしても、まさかこんなことをするなんて……。

混乱のあまり、自分に都合の悪い部分を隠すことも、婉曲《えんきょく》した表現を使うことすらできず、すべてをありのままに話した。

「……最低」

部屋を出ていくときの、憎悪に燃え狂った菜穂子の眼を、今江は一生忘れないだろう。楽しい思い出も分かちあった恍惚も、すべてを焼き尽くすような一瞥《いちべつ》を残し、菜穂子は今江から去っていった。

菜穂子がその後に辿った地獄めぐりについては、想像するしかない。いや、想像を絶する悲惨さであったことは間違いない。

客観的事実だけを記せば、『現役・聖清女子大生』は、裏DVDとしては空前の大ヒットを記録し、ネット上での騒動はヒートアップしていく一方だった。いかにもお嬢さまめいた菜穂子の容姿が、ネットを巡回する暇と欲望をもてあました男たちのストライクゾーンをついたのだ。「聖清女子大生」という検索ワードがランキングの上位に食いこみ、本人の特定はすぐに行なわれた。ネットの住人は、自分たちは匿名のシェルターに身を隠しつつ、競うようにして菜穂子の素性をさらしていった。広尾にある菜穂子の自宅は芸能人が住むような豪邸で、それがさらなる好奇心を煽《あお》り、父親が高級官僚だの、母方の実家が山をいくつももつ大地主だの、家族の個人情報までもが次から次に流布されて、「祭り」状態がしばらく沈静化しなかった。

話は少し戻る。

菜穂子と銀座のホテルで別れた今江は、ほとんど正気を失いそうな状態で西池袋のマンションに戻った。夜の十時を過ぎていたが、高蝶はいなかった。今江は台所にあった包丁をソファのクッションの下に隠して、高蝶の帰りを待った。

事と次第によっては殺してやろうと思った。

リアルな殺意というものを胸に抱いたのは、後にも先にもこのときだけだ。

やがて高蝶は部屋に帰ってきたが、ひとりではなかった。瓢簞《ひょうたん》のような貧相な顔に山羊髭《やぎひげ》を生やした三十前後の男と一緒だった。栄養が行き届いてなさそうな細い体軀に、原色を散りばめた派手なジャケットを羽織っていた。

「おう、ちょうどよかった」

高蝶は今江に男を紹介した。

「この人、新見《にいみ》さん。新しいビジネスパートナーなんだ……」

「ケケケ。あんたが今江さんかい？　話はかねがねうかがってますよ……」

新見が不気味な笑い声をあげて握手を求めてきたが、

「先輩」

今江は無視して立ちあがり、高蝶に迫った。普通なら初対面の人間の前で口論などしないが、理性のタガが完全にはずれていた。

「あの裏ＤＶＤ、いったいどういうことなんですか？　俺と彼女がやってるところ、盗撮して売り物にするなんて……」

「なーんだ」

高蝶は笑った。

「もう知ってたのか。おまえが裏もののファンとは知らなかったが、耳が早いな。実はあれ、新見さんに捌《さば》いてもらったんだ。新見さんは裏もののエキスパートで……」

「ひどいじゃないですか」

今江の声は震えていた。

「どうして俺のこと盗撮して、俺に黙って売りもんなんかにしたんです？　ひと言いってくれたって……」

「おまえの顔はモザイクかけてあったろ」

「でも女が……あの女、マジで付き合ってた女なんですよ」

「ふうん、道理でいい女だったわけだ」

高蝶は新見と顔を見合わせ、淫靡な笑みを交わした。

「しかし、まあ、女なんてみんなカモだよ。いいじゃねえか、また新しいのを捕まえれば。カモをカモるのが俺たちの仕事だろ。おまえはいい仕事をしたよ。俺も新見さんも頑張った。今夜は祝杯をあげようじゃないの。今後のことも含めて、うまいもんでも食いながらミーティングしようぜ。あ、これ、おまえの取り分」

高蝶は懐から出した分厚い封筒で今江の胸を叩いたが、今江は木偶《でく》の坊《ぼう》のように立ち尽くしていたので、ドサッと音をたてて封筒が床に落ちた。

今江は殺意も忘れてしまうほど衝撃を受けていた。

眼の前にいる男は人間の皮を被った獣だった。

鬼畜だ。

殺意は人間に対して抱くもので、動物に対しては抱けない。

今江はただただ情けなかった。

こんな男とツルんで喜んでいた自分の馬鹿さ加減に、痛恨の涙があふれそうだった。

悪いのは、自分だ。

守るべき、大切な女の存在ができたとき、一刻も早くこんな男と手を切らなかった自分が悪いのだ。

今江は部屋を飛びだし、そのまま二度と高蝶と連絡をとらなかった。電話もメールも着信拒否にし、西池袋のマンションはもちろん、椎名町の雨月荘にも近づかなかった。

すべて終わりだった。

高蝶とも。

菜穂子とも……。

彼女と再会できたのは、事件発覚後、一週間ほどが経過してからだった。一日に何度電話しても留守電で、メールにはレスがなかった。それでもしつこく連絡をしつづけ、ようやく会えた。

彼女の自宅に近い有栖川《ありすがわ》公園で、日が暮れてから落ちあった。人目を忍んで現われた菜穂子は、無惨なほどにやつれきっていた。涙も涸れたという表情をし、指で押すだけでその場に倒れてしまいそうだった。

「すまなかった」

今江は土下座した。人影のない遊歩道の途中だった。下は土だったが、かまっていられなかった。

「こんなことになったのは、すべて俺の責任だ。でも信じてくれ。わざと罠に嵌《は》めたわけじゃない。俺は知らなかったんだ。金に眼がくらんで盗撮なんかした先輩とは、すっぱり縁を切った……」

菜穂子は黙ったまま、薄闇の中で幽霊のように立っていた。

「本当はこんなことをした先輩を……高蝶を殺してやろうと思った。包丁で……刺して……でも、できなかった。こんな男を慕っていた自分が悪いんだって、情けなくなって……わかってたんだ、本当は。あんなやつとツルんでたら、いつかとんでもないことになるんじゃないかって。それでもズルズル付き合ってた俺が悪い……勘弁してくれ!」

今江が額を土にこすりつけると、

「……言いたいことはそれだけ?」

菜穂子は掠《かす》れた声で言った。

「いや……」

今江は顔をあげた。

「こんなことになっちまったけど、俺は……俺は菜穂子が好きだから。愛してるから。だから、いままで通りに……」

「無理よ」

菜穂子は力なく笑った。

「わたしはもう、二度と会いたくない。今日来たのだって、あんまりしつこく電話やメールしてくるから、お別れを伝えるために来ただけ」

「そんなこと言わないでくれよ……」

今江はすがるように菜穂子を見た。両手で地面の土を掻《か》き毟《むし》っていた。

「わざとじゃないんだぜ? 俺が盗撮を計画して、騙してあの部屋に連れこんだわけじゃない。俺だって知らなかったんだ。菜穂子と一緒の被害者なんだ」

「だからって、許せると思う？」

菜穂子は乾いた表情で言った。涙の涸れた眼は焦点を失い、ただ虚ろに泳いでいる。

「今日来たのだって、ものすごく勇気を振り絞ったんだよ。お父さんやお母さんには絶対に会ったらいけないって言われてたけど、わたしは自分の口で伝えたかった。あなたがわざとあんなことしたんじゃないって話は、信じてもいい。でも許せない。あなたになんて……ヒロくんになんて会わなきゃよかった……時間が巻き戻せるなら、本屋さんであなたに声をかけられたときの自分に言ってやりたい。ついていっちゃダメって……」

「俺は……俺は菜穂子に出会えてよかった。菜穂子と出会うために、この世に生まれてきたのかもしれないって思ってる」

「どうせ、わたし……」

菜穂子は力なく首を振った。

「明日にでも東京を離れることになると思うし。もう会うこともないよ」

「……どこに行くんだよ？」

「……遠いところ」

菜穂子はゆっくりと背中を向けた。

「待ってくれ！」

今江は血を吐くように叫んだが、菜穂子は無言のまま去っていった。薄闇の中、ふらふらと遠ざかっている菜穂子の背中が、今江には自分の魂に思えた。魂が抜けていくような実感が、確かにあった。


その後の記憶はすべてが曖昧だ。

今江は何週間かひとりで東京をさすらったのち、住みこみの工場の仕事にありついてまとまった金をつくった。御徒町にマンションを借りると、そこに引きこもった。引きこもりでもできるモザイク処理の仕事を請け負い、糊口《ここう》を凌ぐようになった。

心は壊れたままだった。

時間がなにかを解決してくれることもなく、世間にさらされてしまった自分と菜穂子の性器を塗り潰すように、来る日も来る日もＰＣモニターに死んだ魚のような眼を向けて、モザイクをかけつづけた。

第四章　雨に燃ゆる

高蝶と自分にもっとも深い憎悪をもつ人間が菜穂子なら、彼女に会ってみなくてはならない。

そう思った今江は、上野の駅に向かった。

東北新幹線に乗るためだ。

ある直感がそんな行動に駆りたてた。

菜穂子と知りあってまだ間もないころ、今江が岩手県の出身であることを話すと、菜穂子はこんなことを言っていた。

「ずいぶん遠いところね？」

「そうかい？　北海道や沖縄よりは近いぜ」

「わたしのおばちゃんの家、秋田なの。内陸だから、岩手のすぐ近く。子供のころは、夏になると行ってたなあ。井戸水で冷やしたスイカがおいしくて……」

「そりゃあ、距離的に遠いんじゃなくて、記憶が遠いんだよ。子供のころの思い出だから、東北の田舎が遠くに感じるんだ」

菜穂子の口からその後、祖母の話が出てくることはなかったけれど、今江の印象は強かった。岩手と秋田は寄り添うように隣接した県で、内陸であれば人の行き来も盛んだ。県内の沿岸部よりも、秋田の内陸部のほうに馴染みが深いと言ってもいい。

今江はとくにそうだった。秋田に親戚の家があったからだ。

菜穂子の祖母の家がある町には足を運んだことがなかったけれど、近隣にあるスキー場や温泉郷には、何度も遊びにいったことがあった。

米所として有名な土地だった。

おそらく、田圃以外になにもないところだ。

五年前、菜穂子が今江の前から姿を消したとき、きっと祖母の家に身を寄せることにしたのだろうと思った。彼女が最後に残した「遠いところ」というキーワードが、そう思わせた。

あるいは外国に行ったのかもしれないが、そうでなければ秋田に違いない。不本意な形で世間に女としての恥をさらし、心が折れてしまった状況を考えれば、外国へ行くより田舎に引っこむ確率のほうが高いように思われた。

あれから五年の月日が流れている。

もし今江の推理が正しく、事件直後は秋田に身を隠していたとしても、いまだに菜穂子がそこで暮らしているかどうかはわからない。しかし、再び彼女と会うことができるのなら、そこにいちばん可能性がある気がした。だいたい、広尾の実家を訪ねてみたところで、警察を呼ばれるのがオチだろう。

それに……。

たとえ菜穂子に会えなくとも、故郷に近い場所の空気を吸えば、少しは気分が落ち着いてくれるのではないかという期待もあった。五年間も人との交流をほとんど断ってマンションの一室に閉じこもり、ＰＣ画面とばかり戯《たわむ》れていたのだ。そこに訪れた旧友死すの報、有名人そっくりに整形した女、殺人予告にも等しい脅迫メール……頭は混乱し、神経がひりひりしていく一方だった。

新幹線で東京から約三時間、目的の駅についた今江は、レンタカーを借りた。菜穂子の祖母の町までそこから一時間。在来線で向かえばもう少し早く着けるだろうが、なにもない田舎の駅ではクルマが借りられない。田舎ではクルマがないとなにもできない。

稲刈りの季節は終わっていた。

彼方まで延々と続く田圃の景色と、枯れ草を焼く匂いが懐かしかった。

秋晴れの青空はどこまでも高く、白くたなびく雲が眼に染みる。

彼方にそびえる奥羽《おうう》山脈の向こう側は、五年も帰っていない故郷だった。

とくに帰りたいとは思わなかった。東京にはやっかいな問題しか残っていないのに、不思議なくらいそこに戻ることを疑っていない自分に驚く。クルマが田園の奥へ奥へと進むほど、早く用事を済ませて東京に帰りたいとすら思ってしまう。

用事？

今江はハッとした。

いったいなぜ、自分は安くない交通費を使ってこんなところまで来たのだろう。

むろん、菜穂子に会うためだ。自分と高蝶のことをもっとも憎悪している女の現在を、この眼で確かめてみたかったからに違いない。

しかし、ということはつまり、怪死にも似た高蝶の最期に、彼女がなんらかの関わりをもっていると、そう疑っているのだろうか？

馬鹿げている。

五年という歳月がどれほど人を変容させたとしても、菜穂子はそんなことをしないだろう。殺意の不在を確信しているわけではない。殺意があったところで、血なまぐさい殺人事件と、まぶしいほどの輝きをもった広尾のお嬢さまの存在が結びつかないのだ。

一瞬のうちに世界を消滅させられる核ミサイルのボタンが眼の前にあれば、彼女はそれを押すかもしれない。

しかし、人を殺《あや》めるための計画を練りに練って、捜査当局の手が及ばないように事故を偽装するとは思えない。そこに見え隠れする暗い怨念とドス黒い手つきが、菜穂子には似合わなかった。

そんなことさえわからなくなっていたなんて、やはり、東京にいたときの自分はおかしくなっていたのだろう。次々と降りかかってくる奇っ怪な事象と、重苦しい過去の記憶が混乱を招き、まともな判断力を失っていたらしい。

カーナビが目的地が近いことを知らせてきた。

いったいなにをやってるのだろうと思いながら、今江はハンドルを握り、アクセルを踏みつづけた。

菜穂子の祖母の家は、ある程度目星がついていた。菜穂子が言っていた町の名前、その土地の大地主であること、そして、彼女の母親の旧姓はネットストーカーによって匿名掲示板にさらされていたので、ほぼ確定できた。

とはいえ、あたりには延々と田圃がひろがるばかりで、期待していた大邸宅の姿も見当たらなかった。いや、東京の常識で言えば、大邸宅としか呼びようのない規模の家がいくつもあるのだが、ありすぎて逆に特定できないのだ。

おまけに山をいくつも所有するほどの大地主とあっては、走っても走っても土地の中なのである。

一時間ほども彷徨《さまよ》った。

一面が黄朽葉《きくちば》色に染まった景色の中で、不意にピンク色に輝くなにかが視界に飛びこんできた。

コスモスだった。

野生ではなく、庭に咲いた花畑だ。稲刈りを終えた季節の田園の景色は茫洋《ぼうよう》としているのに、二十坪ほどのその庭だけが、コスモスだけではなく秋の花を色とりどりに咲き誇らせて、まわりの景色からくっきりと浮いていた。

今江はクルマを停めた。庭仕事をする人影が見えたからだ。女だった。麦わら帽子にツナギ、ゴム長靴にゴム手袋。そんな格好であっても、菜穂子であるとひと眼でわかり、目頭が熱くなった。

懐かしさのせいだけではない。

今江の知るかつての菜穂子は、着飾った男女が行き来する都会の喧噪の中でも、くっきりと際立って見えるほど美しく輝いていた。顔立ちの美しさだけではなく、お嬢さまオーラとしか呼びようのないキラキラした光線を放って、今江を魅了した。陶酔さえ覚えさせた。

それがいまや、麦わら帽子で庭仕事だ。

自分とさえ知りあわなければ、こんなことにはならなかっただろう。

そう思うと、涙がとまらなくなった。嗚咽をもらし、慟哭《どうこく》した。高蝶の死も、脅迫メールのこともどうでもよくなり、いま自分が彼女にできるたったひとつのことは、そっとしておいてやることだけだという、当たり前の結論に達した。

しかし、アクセルを踏み、ハンドルを切った先は、コスモスの咲き乱れる庭だった。声をかけるつもりではなかった。もう少し彼女を見たかっただけだ。

伊達メガネを忘れてきたことを激しく後悔しながら、庭に近づいていった。

麦わら帽子の下の菜穂子の顔は、少しやつれていたが、五年前と変わらなかった。変わらない美しさがそこにあり、庭仕事で泥のついたツナギさえ、清楚な顔立ちを際立たせるための小道具に見えた。

庭に近づけば近づくほど、アクセルを踏む足に力が入らなくなり、ゆっくりした徐行運転になっていく。レンタカー屋で他に選択肢がなく、借りたクルマはランドクルーザーだった。田舎では珍しい車種ではないが、なにしろ大きいので目立ったのだろう。

菜穂子がこちらを見た。

今江は金縛りに遭ったように動けなかった。

眼が合った瞬間、菜穂子は手にしていたスコップを放りだして走りだした。一目散に逃げだした、という表現のほうがしっくりくるかもしれない。

今江は激しい混乱に陥った。

一瞬合った菜穂子の眼から伝わってきたものが、恐怖とか怯《おび》えとかおぞましさではなく、バツの悪さだったからだ。見つかった、という心の声が聞こえてきそうだった。そうでなければ、あわててクルマを飛びだして追いかけなかっただろう。

なにが見つかったのか？

まさか……。

彼女は本当に高蝶の死に関わっているのか？

「おいっ、待てよっ！」

今江は走った。麦わら帽子を飛ばして逃げる菜穂子の背中を追いかけて、田圃の畦道《あぜみち》を全速力で駆け抜けた。すぐに息があがった。それでもとまらなかったのは、不思議な高揚感があったからだ。こんなふうに菜穂子の背中を追いかけたかった。五年前からずっと、そのことばかりを夢見てきたような気がする。

菜穂子は畦道を抜けると、背丈より高く生えたすすき野原に入っていった。今江も続いた。菜穂子が掻き分けたすすきをさらに掻き分けていくと、やがてツナギの背中が見えた。地面にしゃがみこみ、激しく肩で息をしていた。

今江は立ちどまって腰を折り、ガクガク震えている両膝を押さえた。

「……なぜ逃げる？」

息があがりすぎて、言葉がうまく出なかった。跳ねあがった心臓がいまにも胸の皮膚を破って、外に飛びだしていきそうだった。

「追いかけてきたからでしょ……」

菜穂子の息もあがっていた。

「逃げたから、追いかけたんだ」

「追いかけてきたから逃げたのよ。東京から追いかけてきた……」

「……なるほど」

今江は尻餅をつくようにして、その場に座りこんだ。たしかに、自分は東京から追いかけてきて、彼女を驚かせてしまった。しかし、あの眼が気になった。眼が合った瞬間の、なんとも言えないバツの悪そうな感じだ。

「高蝶が、死んだんだ」

遠い青空に眼を細めながら言った。

「高速道路で事故を起こして……」

「……そう」

菜穂子は背中を向けたまま答えた。なんだか知っていたような雰囲気だった。

「死んだほうがいいわよ、あんなやつ……」

「そうだな」

今江はうなずいた。

「俺だって涙も出なかった。薄情だとは思わない」

「死んだのは天罰よ……わたし、神様にありがとうって言いたい……あの男を殺してくれてありがとうって……」

菜穂子が振り返って顔を向けてきた。細められた眼の奥で、黒い瞳が憎悪にまみれていた。今江は違和感を覚えた。盗撮映像が流れたのは、五年も前の話だ。もちろん、そのときねじ曲げられた人生の延長線上で、菜穂子はいま生きている。恨んでも恨みきれないことはよくわかる。

しかし、憎悪が生々しすぎるのだ。どんな感情でも、時が経てば硬直する。薄らいでひ弱になる。時が心を癒《いや》すとは限らないが、五年間もの長きにわたって怒り狂える人間もまた珍しい。

「高蝶が死んだの、知ってたんだな？」

今江が訊ねると、

「……知ってた」

菜穂子はうなずいた。

「新聞で読んだのか？」

「うん……ってゆーか、あの男、死ぬ前に、実家にコンタクトをとってきたからね。わたしも家族も忘れたくてしようがなかったことを、思いださせてくれた。わざわざ……ご丁寧に……」

「なんだって？」

今江の声は衝撃に上ずってしまった。

「コンタクトって、会いにきたってことか？」

「電話だけだけど」

「いったいなんて……」

「お金よ」

菜穂子は胸のつかえを吐き出すように言った。

「昔、ボロアパートで盗撮したときのマスターテープを買ってくれって。馬鹿みたい。マスターテープもなにも、世界中に動画が配信されちゃってるのに、そんなものでお金を脅しとろうなんてどうかしてる……」

「それ、いつの話だ？」

「梅雨入り前だったから、四ヵ月か、五ヵ月くらい前」

なるほど、と今江は胸底でつぶやいた。恐喝のやり方はでたらめだが、高蝶の気持ちはわからないでもない。そのころ高蝶は喉から手が出るほど金が欲しかったはずだ。小鳩早紀に整形手術を受けさせるための金を。

「いくら払ったんだ？」

「払うわけないじゃない。父はこっちが何百億も慰謝料請求したいくらいだって、電話口で怒鳴ったらしい。でも、心配性の母は心労でダウンしちゃって、こっちに静養にきてたの。父も週末になると新幹線に乗って様子を見にきてね……」

菜穂子は悔しげに歯噛みした。

「家族全員がビクビクしてたところに、諸悪の根源が死んだわけ。父は脅迫を受けている件を知り合いの弁護士さんに相談してたらしいんだけど、そこから電話が入ったの。新聞で死亡記事を読んだって。で、父は電話を切って、『あの男、死んだみたいだ』って、わたしと母に言ったのよ。そのときの父の嬉しそうな顔、わたし、一生忘れない。人が死んでるのよ。それなのに満面の笑みで『よかった、よかった』って……正気じゃない。狂ってるわよね。狂わせたのはあの男よ、高蝶哲也……」

「……そうか」

今江はにわかに言葉を返せなかった。道理で憎悪が生々しく感じられたわけだ。

「俺は……あれからあの男と絶縁状態だったたから、しばらくニュースは知らなかったんだ」

「……そう」

「俺はもしかしたら菜穂子が……」

「なによ？」

「菜穂子が高蝶のことを殺したんじゃないかと思った」

「それができればどれだけよかったでしょうね」

吐き捨てた菜穂子の横顔に、恥のようなものが浮かんだ。菜穂子は育ちがよく、頭のいい女だった。高蝶を殺したいほど憎むと同時に、その野蛮な考えに自己嫌悪を抱ける純潔さをもちあわせていた。

「次は俺の番らしい……」

今江は長い溜息をつくように言った。

「高蝶は事故死じゃなくて誰かに殺された疑惑があるんだ。あくまで疑惑で警察も動いていないんだが、彼の恋人がそう言ってるし、俺にも思い当たるところがないでもない。あの人はクルマの運転に関してだけはすごいビビリ屋で、高速で二百キロも出すなんて普通なら考えられないから……」

菜穂子は顔を蒼白にして聞いている。

「恨みをもつやつ、つまり殺す動機のあるやつは、数えきれないほどいる。俺と没交渉になってからも、エグいことばかりやってたみたいだしね。でも……俺のところにも脅迫メールがくるようになった。〈次はおまえの番だ〉〈覚悟はできたか？〉ってな。正直、ビビッてる。自分のやってきたことを考えれば、当然なんだけど……」

「死ねばいいのよ……」

菜穂子が言った。しかし、その声はか細く震え、切れ長の美しい眼からは大粒の涙がこぼれていた。

「死ねばいい！　ヒロくんなんて死ねばいい！」

取り乱して、今江を叩いてきた。

「それくらいされたってしかたがないのよ！　わたし、あのとき……あなたを殺したかった！　あなたを殺して、自分も死んじゃいたかった……」

菜穂子は今江を叩きながら涙を流し、嗚咽をもらした。やがて、泣きじゃくった。少女のような、手放しの泣きじゃくり方だった。

「菜穂子……」

今江は叩かれながら、先ほど最初に眼が合ったとき、彼女がバツの悪そうな様子を見せた理由をようやく理解した。

「おまえか？　脅迫メール送ってきたの、おまえなのか？」

「そうよ！」

菜穂子が叫ぶ。

「高蝶に天罰がくだったみたいに、ヒロくんにも天罰がくだればいいと思った。あれから五年も経ってるのに、わたしばっかりこんな田舎で、人目を避けた生活して……ようやく忘れかけたと思ってたら、電話なんかしてきて……わたし、もう恋愛だってできないんだよ！　誰を好きになっても、その人にかならず耳打ちする人がいる。親切なふりして、あんな女と結婚するのか？　裏ＤＶＤに出てた女だぜって。自分で出たわけでもないのに……ヒロくんはきっと、あんな事件のこと忘れて、わたしのことだって忘れちゃって、東京で楽しく生きてるんだろうなって思った。そう思うと許せなかった。せめて嫌がらせのひとつくらいしないと、どうしても許せなかった！」

「そんなことない……」

今江は取り乱す菜穂子を抱きしめた。

「俺だって、東京で楽しくなんてやってないよ。マンションにこもって、引きこもりみたいに毎日部屋から一歩も出ないで、それでもやっぱり、まだ立ち直れない……」

「嘘よ！」

「嘘じゃない！」

今江は話した。この五年間歩んだ暗黒の道と心の空洞について、菜穂子の耳元で切々と言葉を継いだ。


雨が降りだしそうだった。

先ほどまでの秋晴れが嘘のように、頭上を黒灰色の雲が覆い、遠雷が聞こえてくる。

今江と菜穂子は、すすき野原の上に横たわっていた。

泣きじゃくる菜穂子を落ち着かせるために抱きしめているうち、いつしか押し倒してしまったのだ。押し倒しても菜穂子は泣きじゃくりつづけた。

「許さないからっ……わたし、あの男のことも、ヒロくんのことも、絶対に許さないっ……返してっ……わたしの人生返してよっ！」

いくら、御徒町のマンションに引きこもっていた、暗黒の五年間を説明してもダメだった。あるいは、この五年間溜めこんでいた感情を、一気に吐きだそうとしているのかもしれない。

ならば……。

今江は暴れる菜穂子を押さえながら思った。自分もこの五年間溜めこんできた思いを、彼女にぶつけたい。ぶつけずにはいられない。

「菜穂子、やり直そう！」

震える声を絞った。

「俺は気がついた。どれだけおまえが必要なのか、いま気がついた。もう恋愛ができないなら、残りの人生を俺にくれ。俺とどこかに……俺たちのことを誰も知らないところへ行って、ふたりだけで暮らそう」

「なに言ってるの……ぅんんっ！」

唖然とした菜穂子の唇に、唇を重ねた。

「んんっ！　やめてっ……やめてよ、ヒロくんっ……」

菜穂子は必死に口を引き結び、首を振ってキスを拒んだ。今江は逃がさなかった。ここで再会したのもなにかの運命だろう。そう考えることにした。なにもいらなかった。菜穂子さえ側にいてくれれば、今生《こんじょう》には他になにも望まない。

「ぅんんっ……ぅんんんっ！」

懸命に逃れようとする菜穂子の唇をとらえ、むさぼるようにキスをする。甘やかな唾液の味と、つるつるした舌の感触が懐かしすぎて、欲情に火を放つ。口づけをしながらツナギのファスナーをさげていく。白い素肌が眼に染みる。

「いっ、いやあああっ……」

菜穂子が恥辱に歪んだ悲鳴をあげた。こうなることなど予想だにできなかった彼女は、地味なベージュ色のブラジャーをしていた。女子大生時代はいつもセクシャルでエロティックな下着を着けていたけれど、ベージュはベージュで悪くなかった。あれから五歳年をとったこともあり、生々しい大人の女の色香が漂ってくる。

「やめてっ、ヒロくんっ……こんなことしたくないっ……わたし、こんなことしたくないのっ……」

いやいやと身をよじる菜穂子の背中に手をまわし、ブラジャーのホックをはずした。べージュのブラをずりあげて、胸のふくらみを露わにした。

今江は興奮に身震いしてしまった。

菜穂子の乳房はかつてと変わらぬ豊満さを帯び、先端の乳首も清らかなピンク色のままだった。

すかさず手を伸ばし、揉みしだいた。やさしくなんてできなかった。むしゃぶりつくようにふくらみに顔をうずめ、音をたてて乳首を吸いたてた。

「んんんんーっ！　いやあああっ……いやあああっ……」

涙に潤んだ声をあげつつも、菜穂子の体は今江の愛撫に反応した。唾液にまみれた乳首が、硬く尖ってきた。いやらしい尖り方だった。長靴を脱がせ、ツナギを脚から抜いた。刻一刻と黒さを増していく空の下で、二本の美脚は艶めかしいほど白く輝いていた。その付け根では、ブラと揃いのベージュ色のショーツが股間にぴっちりと食いこんでいる。コットン製の薄い生地で、こんもりと盛りあがったヴィーナスの丘の形状を生々しく伝えてきた。

今江は手指を近づけた。

ぴったりと閉じている太腿の間に強引に手のひらを差しこみ、薄いコットンの生地に包まれている女の部分に指をあてがう。

「ダ、ダメッ……」

菜穂子がぎゅっと眼を閉じた。頬がねっとりした桜色に染まっていた。自分でも気づいているのだろう。

菜穂子は濡れていた。ショーツの奥で女の部分を熱く疼《うず》かせていた。

「忘れられなかったんだ……俺にはおまえしかいないんだ……なあ、おまえしかいないんだよ……」

今江は菜穂子の耳元で熱っぽくささやきながら、指を動かした。動かすほどに、柔らかい女の部分を包んだ薄いコットンの生地は湿っていき、見なくてもシミがひろがっていくのがわかった。

「くぅうううーっ！」

クリトリスの上で指をヴァイブさせると、菜穂子は白い喉を見せてのけぞった。こみあげる喜悦に眉根を寄せ、それでも両脚を必死に閉じあわせているのがせつない。今江はいつだって、女の体はじっくり愛撫することをモットーにしてきた。しかし、今日ばかりは欲望がつんのめる。早くひとつになりたい。菜穂子の中に入りたくてしかたがない。

ショーツを脱がし、両脚の間に腰をすべりこませた。

興奮のあまり震えのとまらない指に往生しながら、ベルトをはずし、ジーパンとブリーフをさげていく。勃起しきった男の欲望器官が、菜穂子に裏側を向けてそそり勃った。

「やっ……」

菜穂子が羞じらいに頬を染めて顔をそむける。けれども、もう抵抗はしなかった。悔しげに唇を噛みしめつつも、開かれた両脚を閉じようとはしない。

「いくぞ……」

今江はペニスの先端を割れ目にあてがった。くにゃくにゃした貝肉質の花びらの奥から、熱い粘液があふれてくるのを感じた。

「むうう……」

息を呑み、腰を前に送りだしていく。濡れた柔肉をむりむりと押しひろげ、中に入っていく。

「んんんっ……あああっ……」

きつく眼をつぶった菜穂子の顔は、菩薩《ぼさつ》のようだった。菩薩が俗世の快楽に責めたてられ、葛藤し、苦悶している表情を思わせた。

ずんっ、と最奥まで突きあげると、

「くぅううーっ！」

菜穂子はちぎれんばかりに首を振り、長い黒髪をうねうねと波打たせた。なにかをつかまずにはいられないようで、枯れたすすきを必死につかんでいる。昔みたいに、自分から抱擁を求めてはくれないらしい。

当たり前だ、と今江は思った。昔と同じなんてあり得ない。しかし、昔と同じように恍惚を分かちあいたいと願わないこともまた、あり得ないことだった。

雨が降ってきた。

嵐にも似た激しい雨だった。

今江は天から降り注ぐ雨粒から菜穂子を守るように、上体を被せた。悶える女体を抱きしめ、したたかな律動を送りこんだ。鋼鉄のように硬くなった男根で、濡れた肉ひだを掻き毟り、攪拌《かくはん》する。身も蓋もない肉ずれ音をたてて、性器と性器をこすりあわせる。

「ああっ、ヒロくんっ……ヒロくんっ……」

うわごとのように言いながら見つめてくる菜穂子の眼が、ねっとりと潤んでいく。眉根に刻まれた縦皺が深まり、丸く開いた唇がわななく。

たまらない悶え顔だった。

そんな顔をするからいけないんだ、と今江は胸底でつぶやいた。ペニスを突っこまれてそんないやらしい顔をするから、世間の男たちの注目を集めてしまったのだ。モテない男たちが自慰をするための格好の餌を与え、かわりに自分はすべてを失った。悲劇のヒロインとなって、死んだように生きる隠棲《いんせい》を余儀なくされた。

いや……。

彼女を悲劇のヒロインにしたままではいけない。救いださなければならない。

死んだように生きたくないという声が聞こえてくる。彼女の体から聞こえてくる。二十五歳になって艶を増した肉体が、命を燃やして生きたいと叫んでいる。濡れた肉ひだが男根を食い締め、奥へ奥へと引きずりこんでくる。

「ああっ、いいっ！」

最奥に連打を打ちこむと、菜穂子はいよいよ女の悲鳴をこらえきれなくなった。ハアハアと高ぶる呼吸の間に、獣じみた悲鳴を絞りだし、今江にしがみついてきた。今江も菜穂子をきつく抱きしめ、むさぼるように腰を振りたてた。ずちゅっ、ぐちゅっ、と卑猥な肉ずれ音をたてて、勃起しきった肉茎を抜き差しした。浅く、浅く、深く、緩急をつけて律動を送りこんでは、腰を粘っこくグラインドさせて熱く潤んだ蜜壺を掻き混ぜた。

「菜穂子っ……好きだよ、菜穂子っ……」

背中に降りかかる雨は激しくなっていく一方だったが、かまっていられなかった。今江は自分の体が、雨に打たれてなお燃えあがる炎に感じられた。

「ああぁっ……してっ！　もっとしてっ！」

菜穂子もまた、顔に降りかかる雨など気にしていなかった。髪を振り乱し、手放しでよがりはじめた。ひいひいと喉を鳴らして喜悦をむさぼり、みずから腰を押しつけてきた。肉と肉との摩擦感が強まり、お互いの体がどこまでも密着していく。下半身が溶けあって、ひとつの生き物になってしまったような、甘美な錯覚が訪れる。

いつまでもそうしていたかった。

いまこのときを永遠にしてしまえるなら、このまま死んでしまってもかまわなかった。

「むううっ……」

けれどもクライマックスは、無慈悲に近づいてくる。腰の裏側がざわめき、硬く勃起したペニスの芯が疼きはじめている。つんのめる激情を制御できなかった。五年ぶりに愛する女とひとつになった感動が、射精をこらえることを許してくれない。

「ダ、ダメだっ……もうダメだっ……」

ぶるぶると身震いしながら、声を絞りだした。

「もうっ……もう出そうだっ……」

「き、きてっ……」

菜穂子が真っ赤な顔で抱擁を強めた。

「わたしもっ……わたしも、もうっ……我慢っ……できないっ……」

「むうっ！」

今江はフィニッシュの連打を開始した。息をとめ、腹筋に力をこめて、菜穂子のいちばん深いところをしたたかに突きあげた。遠くから忍びよってきた雷が、頭上でゴロゴロと低く唸り、稲妻を光らせる。それよりもまぶしい光が、今江の頭の中を真っ白にしていく。ただ肉の悦びだけに支配されながら、涎《よだれ》を垂らしていることも気づかずに、女体を男根で貫いていく。

「出るっ……もう出るっ……おおおおおおおっ！」

獣じみた咆吼を嵐の中で放ち、煮えたぎる男の精を噴射した。ドクンッ、ドクンッ、と吐きだして、菜穂子の中をいっぱいに満たしていく。

「イッ、イクッ……イッちゃうっ……」

菜穂子もまた、激しく身をよじって恍惚への階段を駆けあがり、雷に打たれたように五体の肉という肉を痙攣させた。今江が最後の一滴を漏らし終えるまで、ただ一匹の牝となり、肉の悦びに溺れきっていた。

「待って……」

「急げよ……」

今江は菜穂子の手を引いて、すすき野原を走っていた。といっても、お互いオルガスムスに達した直後なので足元が覚束ない。よろめきながら背丈より高いすすきを掻き分け、掻き分け、ようやくのことで大樹の陰で降りしきる雨から逃れられた。

「ずぶ濡れだ……」

今江は濡れた髪を掻きあげて苦笑した。悪戯っぽく笑ったつもりだったが、菜穂子は笑い返してくれなかった。「あなたのせいでしょ」という恨みがましい眼で、じっとりと睨みつけられた。

たしかにその通りだった。

しかし、後悔はしていない。

「なあ……」

じりじりと遠ざかっていく稲妻の光を見つめながら、今江は言った。

「あの人に……高蝶に俺、いまは少しだけ感謝している……もちろん、五年前にしでかしたことを許すわけじゃない……だけど、あの人が死んで……いろいろあってこうして菜穂子と再会できて……いまは率直に嬉しいよ、菜穂子とやり直せることが……」

「待ってよ」

菜穂子が遮《さえぎ》った。

「わたし、言ってない……ヒロくんとやり直すなんて、ひと言も……」

「おいおい……」

今江は、じゃあどうして抱かれたんだという顔で菜穂子を見た。菜穂子が眼をそむける。横顔に浮かんだのは、後悔でも恥辱でもなく、やりきれなさだった。

「無理だよ、ヒロくん……」

暗色の諦観《ていかん》の滲《にじ》んだ声を絞りだした。

「どうして？」

「だって、ヒロくんとやり直すってことは、毎日あの事件と向きあって生きるってことだよ。ヒロくんと一緒にいたら、絶対に忘れられないもの……」

「いいじゃないか、忘れなくたって」

今江は引きさがるつもりはなかった。ここで引きさがったら、一生後悔する。

「俺たちはなにも、悪いことをしてたわけじゃない。被害者なんだ。悪いのは盗撮した高蝶だ、裏ＤＶＤなんかに流出させたあの男じゃないか……」

言いつつも、説得力のない言葉だと自分でも思った。いくら正論を振りかざしたところで、菜穂子が負った心の傷が消えてなくなるわけではないからだ。

それでも、諦めきれなかった。

菜穂子のすくめた肩を抱き寄せた。

濡れた黒髪の下で、菜穂子は泣いていた。いや、それを懸命にこらえて、唇を小刻みに震わせていた。

雨の中、沈黙が支配する。

物言わぬ森羅万象《しんらばんしょう》が眼前に茫々《ぼうぼう》と横たわっている。

強風に嬲《なぶ》られ、雨に煙った田園は、まるでこの世の果ての景色のようだ。

「さすがのストーカーも、ここまでは来なかったか？」

今江が訊ねると、

「来たみたいよ……」

菜穂子はうつむいたまま言った。

「でも、わたしは最初、もっと山の中にある家に住んでたから、そこまではさすがに来なかった。おばあちゃん、土地だけじゃなくて、いっぱい家ももってるのよ。人使って農業やってるから」

「いまはあの庭のある家に？」

「そう」

「綺麗な庭だ」

「そうかな？　我流で適当に種蒔《ま》いてるだけよ」

「綺麗だよ」

菜穂子を見た。空を見上げた横顔は、瞳が虚無に彩られてなお、清楚な美しさをたたえていて、見ていると陶然としてしまう。自分は心の底からこの女が好きなのだと、こみあげてくるものがある。

「死ねばいいのか？」

「えっ？」

「いや……死んだら許してくれるのかと思ってさ」

「もういいよ……」

菜穂子は力なく首を振り、深い溜息をついた。

「わたし、結婚するの」

「なっ……」

今江は眼を見開き、息を呑んだ。

「もう決まってる。先月結納《ゆいのう》を交わしたし、来月には身内だけでお式を挙げるの……」

「マジかよ……」

啞然とすることしかできなかった。

「バチ当たりだよねえ、わたし……」

菜穂子は深い溜息をついた。

「そんな状況なのに昔の男と寝ちゃったりして、最低だ……」

つぶやく菜穂子の横顔には、冷徹な決意が浮かんでいた。あやまちはあやまちにすぎず、結婚そのものをやめる気がないことが伝わってきた。諦めきれないという今江の視線を、頑ななバリアではねのける。

「相手、どんな男なんだよ?」

今江はそれでもしつこく食い下がった。

「どうせ変なやつだろ」

「全部わかったうえで、わたしを受けとめてくれる人」

「徳の深い人だ」

「徳は深いわよ。お坊さんだから」

菜穂子は冗談めかしていった。今江は笑えなかった。菜穂子にしても、眼は笑っていなかった。

「町でいちばん大きなお寺のね、住職さん。もう三年くらい前から、祖母の家を通してプロポーズされててね。わたしのために二億もする家を新築してくれて……」

「金持ちだ……」

「そうね。年はもう、五十近いけどね。それで、顔が奈良の大仏に似てるの。額に大きなホクロがあったりして、わたし、思いだすだけで笑っちゃうんだけど……それも徳のなせる業《わざ》かしらね……けっこう落ちこんでるときでも、こんなに笑わせることができるなんてね……」

菜穂子の顔はくしゃくしゃになっていた。必死に笑おうとしているのに、その表情は泣き顔にばかり近づいていく。真珠のような大粒の涙が頬を伝う。

今江はなにも言うことができなかった。

雨はいつの間にかやみ、遠くに青空さえ見えていたが、菜穂子の頬だけがいつまでも盛大に濡れつづけていた。

第五章　偽物ゆえに

東北新幹線の車窓を眺める今江の胸には、嵐が吹き荒れていた。

どうすれば菜穂子に許してもらえるのかということばかりを考え、考えれば考えるほど不可能であることだけを身につまされた。彼女の心の傷をあらためて目の当たりにし、その大きさと深さに眩暈を覚えずにいられなかった。五年という歳月が経ってなお、菜穂子は高蝶のしでかした暴挙の犠牲者のままだった。

やり直すことなど百パーセント無理だ。

わかっていたことではあるけれど、再会が叶い、恍惚すら重ねてしまっただけに、二度と会うこともできないかもしれないという現実に、身がちぎられる思いだった。彼女こそが自分にとって運命の女だったのだという確信と、けれども彼女にとって自分は嫌な過去を思いださせるだけの存在であるというジレンマ、後悔、罪悪感……。

もう死んでしまいたくなる。

高蝶のように死亡記事を届けてやれば、菜穂子は安堵するだろうか。どうせ生きていたって、未来は彼女と交わらない。愛し愛される日々が帰ってくることはない。ならばいっそ、高速道路を時速二百キロでぶっ飛ばし、ガードレールに激突して炎上してやろうか。それが自分に唯一残された愛情の示し方なのではないだろうか。

「死ねばいいのか？」

今江の問いに、菜穂子は力なく首を振り、深い溜息をつくばかりだったけれど、本心ではどうだったのだろう？

口でどれだけ否定しようが、五年前の事件の当事者が、ひとり、またひとりと消えていくことは、これから結婚しようという彼女の心を間違いなく軽くするはずだ。

「死ねばいいのか……」

最善の解決策がみずからの死という絶望感に耐えられず、今江は席を立ってトイレにこもった。ひとりになると嗚咽がこみあげ、それはやがて慟哭に変わった。

新幹線が上野駅に着いた。

胸中の嵐はまだおさまっていなかったけれど、とりあえず眼の前の問題を片づけなければならなかった。

幸い、と言うべきか、〈次はおまえの番だ〉〈覚悟はできたか？〉という脅迫メールの送り主は特定できた。菜穂子はメールを送る前になんらかの行動を起こしたわけでも、これから起こすつもりもない。ということはつまり、高蝶の死が他殺だという可能性が薄まったということである。高蝶は誰かに殺されたと頑なに信じている小鳩早紀に、まずはこの事実を伝えるべきだろう。

どんな反応を見せるだろうか？

今江自身は、高蝶はやはり事故死だったのではないかと思うようになった。

たしかに、クルマの運転に関して極端に臆病だった高蝶が、時速二百キロで飛ばしていたことは解せない。しかし、自分の意志でアクセルを踏みこんだ可能性がまったくないと断言するのもまた、無理があるのではないか。ましてや、それのみを根拠に事故ではなく殺人と断定するとなれば、発想が飛躍しすぎと言わざる得ない。

残る問題は、早紀の部屋が何者かに探られた痕跡があるというものだが、これに関しても早紀の勘違いではないかという気がする。

整形手術を受けるために三カ月も家を空け、有名歌手そっくりに顔を直して帰ってみれば、恋人であり、ビジネスパートナーである高蝶が死んでいたのだ。途方に暮れ、混乱するなというほうが無理な状況であり、そんな中、早紀が勘違いや思いこみで誰かに部屋を探られたと訴えたとしても、誰も彼女を責められまい。

早紀はおそらく、突如として高蝶を失った現実を受け入れられないのだ。自覚はなくとも、冷たく理不尽な現実を、無意識が拒んでいる可能性は大いにある。


御徒町のマンションに戻った。

ドアノブに鍵を差しこんだ瞬間、嫌な予感がした。

その種の予感というものは、どうしてこうもぴったりと当たるものなのだろう。

鍵が空いていた。

息を呑み、恐るおそるドアを開けると、唖然とするような光景がひろがっていた。

部屋が荒らされていたのだ。

それも、仕舞った物の位置が微妙にずれていて気持ちが悪い、などという生やさしいものではなく、絵に描いたような空き巣の被害現場がそこにあった。引き出しという引き出しが引っ張り出され、棚のファイルというファイルが床にぶちまけられている。足の踏み場もない。

なぜだ？

今江は全身に悪寒が走るのをどうすることもできなかった。

脅迫メールの犯人が菜穂子だったのだから、もはや自分を付け狙う者などいるはずがないではないか。

いるとすれば、高蝶の他殺説も、早紀の部屋に誰かが侵入したという話も、気のせいや勘違いではないということになる。いったんすべての駒が白くなりかけたオセロゲームが、相手の鬼手によってみるみるうちに黒一色にひっくり返されていくような恐怖を覚え、身震いがとまらなくなる。

早紀の顔が脳裏に浮かんだ。

もちろん、整形して加倉井怜そっくりに直した顔だ。

あの美しくも異常な存在の女が、この部屋に災いをもたらしたとしか思えなかった。

ホテルで別れたあと、彼女自身が尾行してきた可能性もあるし、彼女とコンタクトをとったところを誰かに見つかって、この部屋を突きとめられたのかもしれない。

いずれにせよ、あの女の存在は忌まわしい。

どれほど整形手術の技術があろうが、当代一の人気アーティストに、あれほどまでによく似た顔などつくってしまってはいけないのだ。

彼女からは大金の匂いがした。と同時に、本物の加倉井怜にしたたかなダメージを与えるスキャンダルの匂いもする。彼女の存在が知れれば、あらゆる闇組織がその身柄を拘束しようとすることは想像に難くない。

いや……。

そんなことより、とりあえず警察に連絡だ。

部屋に侵入された形跡があると主張する早紀は、被害がないことを理由に警察には届けなかったらしいが、こちらは火を見るよりも明らかに被害がある。金目のものなどほとんど置いていない部屋だから、被害総額などたかが知れているし、警察と関わりあいになるのも嫌だったけれど、恐怖がポケットを探らせた。携帯電話を取りだした。

しかし、一一〇番の最初のふたつをプッシュしたところで、今江は意識を失った。背後に隠れていた何者かに後頭部を殴打され、痛みを感じる隙もないまま、電源を切ったPCモニターのように視界がブラックアウトした。

「ううう……」

猛烈な吐き気で眼が覚めた。続いて、後頭部が熱をもち、ズキズキと疼いていることを自覚する。吐き気の原因が胃腸の不良ではなく、気絶するほどの衝撃をその部分に受けたせいだと、朦朧《もうろう》とした意識の中で理解する。

取り戻した視界に現われたのは、自分の部屋だった。自分のワークチェアに、見知らぬ男が腰かけてPCを操作していた。

「なんの真似だ、いったい……」

今江が声を絞りだすと、

「やあ、留守中に失礼」

男が振り返って、悪びれもせずに手をあげた。よく見れば、瓢箪のような貧相な顔に山羊髭を生やした彼の風貌に、見覚えがあった。

高蝶が盗撮した動画を、裏DVDとして世間に流出させた男である。

名前をたしか、新見といった。高蝶は「裏もののエキスパート」と呼んでいたから、世間の裏に巣くっているダーティな仕事の請負人だろう。いかにもそれっぽい卑屈なオーラが漂ってきた。不快なオーラだった。

「ケケケ、思いだしてくれたかね、俺の顔」

新見は片頬を歪めて皮肉っぽく笑った。

「まあ、思いだしたくもなかっただろうけどな。『現役・聖清女子大生』じゃあ、ずいぶん恨みを買ったみたいだし」

「なんの真似だと聞いてる」

今江が険しい顔で上体を起こすと、

「気色《けしき》ばむなって……」

新見は椅子から立ちあがった。派手な原色柄のジャケットを羽織った体は、相変わらず栄養が行き届いてなさそうな感じでひょろ長かった。その体をふたつに折り、深々と頭をさげた。

「黙って部屋に入ったことは謝る。殴ったこともな。申し訳ない。この通りだ。警察に通報しようとしたことで、おまえの嫌疑は晴れた。半分くらい」

いかにも芝居がかった謝り方なうえ、続く言葉の意味がわからない。

「しかし、こっちも必死だったんだよ。俺はこのプロジェクトに結構な投資をしてる。彼女の整形費用の大半は俺が都合した金なんだ。一千万。俺にとっちゃ安くない額だ。クルマを手放した。ガキのころから憧れてたマセラティだ。別れるときには涙がチョチョ切れたね。そうまでしてつくった金をだよ、高蝶がおっ死《ち》んだからって、ハイそれまでよと諦めきれないわけだ……」

上目遣いで顔をうかがわれたが、今江には反応のしようがなかった。そろそろ不意打ちを食らわせてきたお礼をしてもいいだろうか。

「出してくれ」

新見は急に居直った顔になると、右手を差しだしてきた。

「高蝶から預かってるものを渡すんだ」

「いったいなにを言ってる？　俺はなにも預かってない。だいたい、高蝶とはこの五年、完全に没交渉だったんだ。最後に会ったのが、そうだ、あんたも一緒のときだ。西池袋のマンションで……」

「嘘だろ？」

「嘘じゃない」

「ハッ、そりゃまいったな」

新見は芝居じみた態度で溜息をつき、

「だからわたしが言ったじゃない。この人は知らないみたいだって」

女の声がした。早紀だった。

「いや、でも、高蝶はよく言ってたんだよ。『ヒロはかならず戻ってくる。俺とあいつは兄弟みたいなもんなんだ』って」

新見が首を傾げながら今江を見やる。

「なあ、そうだろ？　あんたらには兄弟同然の絆があったんだろう？　マラ兄弟。ありゃあ、血の繋がった兄弟以上だ」

「いい加減出ていってくれねえかな」

今江は立ちあがって拳を固めた。もはや実力行使で追いだす以外にないらしい。喧嘩は苦手だが、新見が相手なら勝てそうだった。

「待てよ……待ってくれ」

新見は両手をあげて降参のポーズをとり、再び椅子に座りこんだ。

「じゃあちょっと話の角度を変える。儲け話だ」

「いいから出てけっつってんだよ」

今江が襟首をつかむと、新見は「ひゃっ！」と奇声をあげた。

「聞いといたほうがいいと思うけどな」

早紀が涼やかな声で制した。

「高蝶の計画の全貌がわかるわよ」

「なに？　なんだよ全貌って……」

今江は新見から手を離し、眉をひそめて早紀を見た。

「加倉井怜のそっくりさんAVで儲けようって以外に、まだなんかあるのか？」

「それは計画のごく一部」

早紀は人気アーティストそっくりに整えた美貌を誇示するように、栗色のウェイブヘアをかきあげた。

「映画で言えばクライマックスっていうことになるかしら。最後の三十分。いくらスクリーンの中のヒーローがボスキャラ相手に最後の力を振り絞ってても、一時間半遅れて映画館に入ったんじゃ、訳がわからなくて当然じゃない？　物語がチンプンカンプンだもの」

「なるほど、いい例え話だ」

新見がシンバルを持った猿のオモチャのように手を叩く。

今江は、高蝶の考えたドス黒い儲け話など聞きたくなかったし、なにより新見のような男とこれ以上関わりあいたくなかった。

しかし、もはやそれではすまないようだった。知らぬ存ぜぬを決めこむには、事態に深入りしすぎていた。訳がわからないまま部屋を荒らされたり、不意打ちを食らわされたりするくらいなら、事の次第を知っておいたほうがいい。

「話してみろよ」

今江は新見に水を向けた。

「開演ブザーから聞いてやるから、順序立てて全部説明してみろ」

すべての始まりは噂話だった、と新見は話を始めた。

「加倉井怜のハメ撮りビデオがあるっていう噂さ。もちろん、多少は名があるタレントなら、その手の噂には事欠かない。火のないところに煙を立ててる場合もあるし、ほとんどが憶測の域を出ないデマの類には違いないがね。しかし、加倉井怜の場合は、噂の出所が胡散臭い自称元カレなんかじゃなくて、彼女の所属事務所だったんだ。事務所の人間が『加倉井怜のハメ撮りビデオがあるぞー』って吹聴してまわったわけじゃないぜ。俺らみたいな裏業者に探りを入れてきたんだ。加倉井怜の流出ビデオがあるなら、どんなもんでも買うってな。マスターテープが出てきたら、何千万積んでもかまわないと言ったたっていう話まであった。つまり、加倉井怜本人に身に覚えがあるってことだよ。すわ大騒ぎだ。もちろん水面下の話だが、そういう噂はあっという間に俺たちのネットワークを駆け巡る。魑魅魍魎《ちみもうりょう》が跋扈《ばっこ》しはじめた。事務所にしてみれば、見つけたのがやくざなら、まだいい。連中は事を表沙汰にするより、闇から闇に葬り去るのが習性だからだ。しかし、犯罪とキワキワで凌いでるような連中だといささかまずい。やくざと違って交渉の能力がないからな。流出させて手っ取り早く金にしようとするだろう。そうなったら最悪だ。ドル箱の所属タレントが一夜にして不良債権になっちまう。焦った事務所はやくざに泣きついた。昨今は、やくざの不景気もシャレにならないレベルだからな。久しぶりに打ち出の小槌《こづち》が見つかったたって張りきったんだろうね。容赦ないやり口で裏業者を叩きはじめて、俺なんかもひどい目に遭ったんだけど、肝心のハメ撮りビデオは出てこない……」

「まさか……」

今江は息を呑んだ。

「そう、まさかだよ。ハメ撮りの当事者は思ってもみなかったところにいたんだ。高蝶だよ。やつが三年ほど前、まだただの女子大生だった加倉井怜とハメ撮りしてたんだ。なんでも当時は垢抜《あか》けない勘違いファッションだったらしくてな、噂を耳にするまで忘れてたなんて言ってたが、映像は完璧だった。そりゃあもう、思いだしただけで勃起しちまうくらい、加倉井怜はイキまくってた。ビックン、ビックン、体を痙攣させて……」

「ちょっと待ってくれ……」

今江はあわてて口を挟んだ。

「そんなものが……加倉井怜のハメ撮りビデオなんかが本当にあるなら、どうしてこんなことを？」

早紀を指差した。加倉井怜と同じ顔が、ニヤリと口許だけで笑った。

「俺は頭にきてたんだよ……」

新見は不意に険しい表情になると、絞りだすような声で言った。裏社会で生きるエロ業者がどうしようもなく体に染みこませた卑屈なオーラが一瞬消え、貧相な瓢箪顔に雄々しさを滲ませた。

「やくざのやり口が我慢ならなかった。テメェ勝手な掟をつくって、それに触れれば容赦なくシメにくる。いったいどうなってんだ？　やつらは警察でもなんでもなくて、俺らと同じ日陰のウジ虫だぜ。それが偉そうに肩イカらせて、二言目には『殺すぞ』だ。ひと泡吹かせてやろうと思ったよ。高蝶もやくざ者にはずいぶん恨みがあるみたいだったからな。ふたりで極道の面子《めんつ》をぶっ潰す計画を立てたんだ」

今江は思いだしていた。いつか歌舞伎町で本職のスカウトマンたちに捕まり、袋叩きにされたうえ、暗い倉庫に閉じこめられたときのことを。高蝶は泣いていた。田舎ではヤンチャで鳴らした巨漢の男が、迫りくる殺意に我を失い、業火の中に取り残された幼児のように泣きじゃくっていた。

「俺らの練りに練った計画はこうだ。まず問題のハメ撮りビデオをネットで流出させる。南米のサーバーで、いきなり裏だ。チンコもマンコも丸出しだ。表のパッケージ商品と違って、コピーが出まわっちまえばアウトだから、たいして稼げないかもしれん。だがそれでいい。世間を騒がせればOKだ。実際、大変なことになるだろうよ。加倉井怜クラスの芸能人のハメ撮りビデオの流出って、実は日本では一度もないんだ。日本の芸能人が品行方正だからじゃないぜ。やくざが幅を利かせてるからだ」

新見は忌々《いまいま》しげに舌打ちすると、

「しかし、まあ、連中も南米くんだりまで出向いて、マフィアと渡りあうほどの根性はないだろう。手も足も出ないよ。さて、世間を充分に騒がせたところで、いよいよヒロインの登場だ」

早紀を一瞥して続けた。

「面子を潰されて怒り狂ってるやくざを尻目に、俺たちは所属事務所と交渉する。もちろん、自分らでのこのこ出ていくわけじゃない。弁護士を使って、火消しのアイデアを売りつけるんだ。『あのビデオに出てるのは、加倉井怜ではなく自分だ』と言ってる女がいるってな。整形だろうって薄々向こうも気づくだろうが、尻に火がついているから問い質す勇気はない。こっちだって問い質されてもとぼけるだけだ。かわりに言ってやる。話の成り行き次第では、彼女に記者会見を開かせる用意があるってな」

「なんだと……」

唖然とする今江をよそに、新見は「ケケケ……」と笑いだした。一瞬、狂ったのかと思った。笑い声をあげるオモチャの人形が壊れ、金属質の笑い声がとまらなくなった感じだった。

「わたしが記者会見でこう言うのよ」

笑いがとまらない新見に代わって、早紀が話を引き受けた。

「哀しい現実ですが、あのビデオに出演しているのはわたしです。加倉井怜さんではありません。わたしは愚かにも、たった二十万円のギャランティが欲しくてあんなビデオに出演してしまいました。撮影した男に道端で声をかけられたとき、わたしの気分はものすごく落ちてました。クリスマスが近くて、彼氏とディズニーランドに行く約束をしているのに、着ていくコートがなかったからです。そういうときの気持ち、女の子ならわかってもらえると思いますけど、ものすごく憂鬱《ゆううつ》で、やりきれないものなんです。コートがないならデートに行きたくない、でもそれじゃあ本末転倒だってうじうじ考えてるときに……二時間で二十万円って言われて……ついふらふらとついていってしまって……」

「意地の悪いレポーターかなにかが、整形疑惑を口にするかもしれん」

新見がようやく笑うのをやめて言った。

「事務所が加倉井怜を守るためにそっくりさんを用意したんじゃないかってね。だから、スピードの勝負になる。手術できるような時間はなかったと思わせるくらい……そうだな、騒動発覚後、二週間くらいがベストだろうな。いまなら火消しができると踏んだ事務所は、考える間もなく金を出すだろう。いくらでもな。マスコミは彼女の正体の特定に躍起になるだろうが、まあ尻尾はつかませないさ。代わりに彼女は宣言するんだ……」

「こうなってしまった以上……」

早紀は指先で涙を拭う真似をしながら言った。

「わたし、AV女優になります。自分の可能性に賭けてみようと思います。どうせもう恥ずかしいところはすべて見られてしまったわけですし、いっそのこともっと綺麗に撮られたい……きちんとした作品を残しておきたい……」

しゃくりあげるふりをしながら、悪戯っぽく赤い舌を出す。

「ククク……」

新見が「どうよ?」とばかりに今江を見た。

「彼女のAVはあらかじめ撮影、編集を済ませておくから、異例の速さで市場に出まわる。まともな流通経路に乗せた表の作品だ。学園もの、オフィスもの、ハメ撮り、3P、中出し、ぶっかけ……企画を一巡させるのに半年、次々作品をリリースしてマーケットが暖まったところで突然の引退発表。引き際の美しさが伝説のスターになる秘訣なんだ。引退ビジネスは過熱するだろう。総集編やら未発表映像やら写真集やらトークイベントやら、いったいどれだけの儲けになるのか見当もつかない」

今江はもう、言葉も返せなかった。

そんなにすべてがうまくいくかどうか、わからない。しかし、加倉井怜の所属事務所としてもも協力せざるを得ないわけで、どこまで成功するかもまた、未知数だった。濡れ手に粟、青天井で金が集まってくる可能性を否定できない。ン億、ン十億、リアリティのない数字が、脳裏を駆けめぐっていく。

「とまあ、俺と高蝶が練りあげた計画はこんな感じだった……」

長い話を終えた新見は、満足げに息をついた。

「なかなかよくできてるだろ？　おまけに最初の難関はすでにクリア済みだ。どうだい、彼女の顔？　加倉井怜にしか見えないじゃないか。芸能人も御用達の医者らしいから、それなりに期待してたんだが、予想以上の出来映えだよ。彼女が神戸に行っている間、こっちはこっちですべての段取りを済ませてある。南米のサーバーにはいつでも動画をアップできるし、課金システムも整っている。表のＤＶＤの制作準備だって万端で、明日にだって撮影にかかれる……ただ……」

不意に言葉を切って、唇を引き結んだ。

「肝心の加倉井怜のハメ撮りビデオが、どこかにいっちゃったのよ」

早紀が言った。

「持っていたのは高蝶。それはもう、厳重に管理してたらしくて、わたしや新見さんにも一部しか見せてくれなかった。コピーもない。このままじゃわたしたちの計画、ひきがねを引けないってわけ」

「なにか知ってるなら教えてくれ」

新見がすがるような顔で言った。

「いや、もちろん、あんたが俺たちの計画を知らなかったことはわかる。話を聞いていたときの顔を見ればそれくらいは……だが、なんか思い当たることはないか？　どんな小さなことでもいいんだ」

「何度も同じことを言わせないでくれ」

今江はうんざりした顔で首を振った。

「俺はもう五年来、高蝶とは没交渉で、電話さえしてない。しようと思ったことさえないし、向こうからの連絡はずっとアクセスブロックしたままだ」

「本当にそうかしら？」

早紀が訝《いぶか》しげに眉をひそめる。

「さっき新見さんも言ってたけど、高蝶はあなたの話をよくしてた。悪口はひとつもなくて、いつも褒めてて。あなたと一緒にいたときは本当に楽しかったって……」

「さすがに悪いと思ってるんだろ」

今江は吐き捨てるように言った。

「自分に懐《なつ》いてる後輩を罠に嵌めて、ド汚く儲けたんだからな」

「それに……」

早紀が強い眼で見てくる。

「もし本当に五年も没交渉なら、あなたに脅迫メールがくるかしら？　わたし、どうしても腑に落ちないの。あなたの話を信じるなら、高蝶とツルんでたのは五年前のたった一年間だけでしょう？　そのときの恨みで殺人予告って、なんだか今更って感じがする。だから、あなたと高蝶は最近も……」

「それは……」

今江は苦笑し、脅迫メールの犯人が菜穂子であったことを告げた。

早紀と新見は、眼を見合わせて深い溜息をついた。ふたりはどうやら、脅迫メールの存在をもって、今江と高蝶がいまだに通じあっていると思いこんでいたようだった。

「とにかく……」

新見は落胆を隠しきれないまま言葉を継いだ。

「俺たちの計画はもう、全部話しちまった。あんたはもう、仲間も同然だ。今後、隠しごとはなしにしてくれ」

「馬鹿言え」

今江は鼻で笑った。

「誰が仲間にしてくれと頼んだ？　話は忘れてやるから、さっさと出てってくれ」

「そういうところが怪しいんだ！　怪しすぎるんだって！」

新見は椅子から立ちあがり、涙眼になって今江の胸ぐらをつかんだ。

「眼の前にこんなおいしい儲け話があんのに、どうしてそう平然と断れる？　高蝶から預かったものがあるからだろう？　いいか、俺らを出し抜いてひとりで儲けようと考えてるなら、大間違いだぞ。あんなヤバいネタ、表の業者にもちこんだって、まともに相手してくれっこない。じゃあって、裏から流出させたって、バンバンコピーされるからさしてうまみはないんだよ。言っとくがなあ、もし所属事務所にもちこんで買いとってもらおうって腹なら、それがいちばんリスキーな選択肢だぞ。あそこの事務所はやくざとズブズブの関係なんだ。殺されるぞ、おまえ……」

「うんざりなんだよ」

今江は新見の手を乱暴に振り払った。

「盗撮映像なんかでひと儲けしようって発想にうんざりなんだ。要は他人の過去を暴いて、加倉井怜をメチャクチャにもてあそんで、金儲けしようって話じゃないか。加倉井怜はいい歌手だよ。才能がある。このまま活躍すれば歴史に残るアーティストにだってなるかもしれない。もういい加減にしたほうがいい。高蝶が死んだのは天罰だ。殺されたんじゃなくて、そういう神をも恐れない計画なんか練ってるから、バチが当たって事故に遭ったんだよ。ハメ撮りビデオもやっと一緒に炎上したに決まってる」

「カッコつけんなよ」

新見が眼を血走らせて睨んでくる。

「女をフーゾクに堕として稼いでいた野郎が、カッコつけてんじゃねえ。同じ穴のムジナだろうが」

今江は睨み返した。水掛け論に付き合うつもりはなかったので、しばらく黙って睨んでいると、新見は埒《らち》が明かないことを悟って、部屋から出ていった。

今江は苦虫を嚙み潰したような顔でキッチンに向かい、棚からバーボンのボトルとグラスを出した。まだ後頭部の痛みが疼いていたが、飲まずにいられなかった。

「あんたは一緒に出ていかないのか？　ってゆーか、出てけよ」

ぼんやり立ったままの早紀に声をかけ、ベッドに両脚を投げだした。

「わたしにも一杯ちょうだい」

早紀がシレッとした顔で言う。

「よくそんなことが言えるな。人の留守に勝手に部屋にあがりこんでメチャクチャに荒らして、仕上げは後ろから不意打ちだ。警察呼ばれないだけありがたいと思え。断っておくが、後頭部の痛みがなくなるまで俺の機嫌は直らないからな」

バーボンをグラスに注いで、ストレートで一気に飲み干した。喉が灼《や》け、胃袋に火がついた。それが収まると、アルコールがじわりと体に染みていった。

「悪かったわよ、それは……」

早紀もキッチンからグラスを持ってきて、ベッドに腰をおろした。さすがに今日はドレスではなかった。ざっくりした紫色のセーターに黒いレギンスという普段着だったが、加倉井怜が発泡酒のコマーシャルで着けている衣装によく似ていた。もっとも、顔がそっくりだと、服装までそんなふうに見えてくるものなのかもしれないが。

「ちょうだい、わたしにも」

グラスを差しだされたので、今江はバーボンを注いでやった。グラスに氷は入っていなかったが、早紀はストレートのまま呷《あお》った。

「効くわね、さすがに」

「無理して倒れても知らないぜ」

「同じものが飲みたいのよ、あなたと」

「ハッ。残ったのは、どうせ見張りのつもりだろう？」

今江の問いに、早紀は悪戯っぽい笑みをこぼした。

「否定はしないけどね。でも、新見に言われたからじゃないわよ。正直言って、わたしは新見があまり好きじゃないの。苦手なタイプ。どうせ一緒にいるならあなたのほうがいい。あなたは高蝶と同じ匂いがするもの」

「嬉しくないね、そう言われても」

今江はバーボンを呷った。アルコールの効果には、尖った感情をさらに尖らせる場合と、穏やかに鎮める場合とがある。ありがたいことに、今日は後者のようだった。

「さっきね、新見に迫られた」

早紀がグラスの縁についた口紅を指で拭いながら言った。

「押し倒されそうになったんだけど、やっぱり無理って拒んだら、苦笑いしてたけど」

「そういうことを人の家でやるなよ」

「だから拒んだって言ってるじゃないの」

早紀はクスクスと笑ったが、すぐに真顔になって今江の太腿に手を置いた。

「でもね……あなただったら拒まない」

「……今度は色仕掛けか？」

「そうね。どうとってもらってもかまわないけど、男優やってくれないかしら？　わたしが出演するAVの相手役」

今江はふうっと深い溜息をもらした。

「冗談言うのもいい加減……」

「冗談じゃないの」

早紀は遮って言った。

「真面目に言ってるんだから真面目に聞いて。高蝶が隠した加倉井怜のビデオが出てこなくても、わたしはAVに出演しなくちゃならない。予定より入ってくるお金はずっと少なくなっちゃうけど、それでもやらないよりはマシだから。整形代を投資してる新見にしても、ここまで顔をいじっちゃったわたしにしても、もう後には引けないの。たとえ何十億が何千万、何百万になっちゃっても、やるしかないのよ。だいいち、そうでもしないとわたし、元の顔に戻せないし」

早紀の手が太腿を包んだジーンズをぎゅっとつかむ。

「俺には関係ない話だ……」

今江は手を払おうとしたが、早紀は離さなかった。

「助けて、って言ってるんだけどな」

「なにから助けてほしいんだ？」

「それは……」

早紀はしばし間を置き、言葉を選んだ。

「ＡＶに出演して、恥をかく覚悟はもうできてる。でもね、製作会社が用意した男優と代わるがわる体を重ねてたら、わたし、たぶん……心がもたない」

戦慄に凍りついた眼を向けられ、今江は息を呑んだ。

「この前、あなたに抱かれてわかったことがふたつあるの。加倉井怜として抱かれる恍惚と不安。わたし、いままで恋もセックスも自分の思い通りに愉しんできた。いちばん体の相性がよかったのは、もちろん高蝶。だからくっついたり離れたりしながら、五年も続いたんだと思う……でも……でも、あなたに抱かれたときの良さっていったら、比べものにならなかった。テクニックとか持続時間とか、ましてやあそこの大きさとか、そういうことじゃ全然ないの。そうじゃなくて、あんなに夢中になってセックスする男の人って初めてだったっていうか……」

今江には早紀が訴えようとしていることがよくわかった。

彼女と体を重ねたときのことを思いだせばいい。

性器を繋げ、腰を使っているときは極楽だった。

メディア社会が、さながらエレキギターの音をアンプで増幅するように、美やセクシュアリティのイメージを増幅させた偶像と、快楽だけを目的としたセックスをしているのだから極楽に決まっている。

そこには、加倉井怜という一個人、ひとりの女を抱くときに必要な、愛しあう悦びとか、分かちあう苦労とか、人間関係を構築する際の面倒事がいっさい省かれ、そうであるがゆえにすさまじい快感が味わえる。その質量は、人間関係が生じさせる軋轢《あつれき》や齟齬《そご》がないぶんだけピュアで、もしかすると加倉井怜本人を抱く以上かもしれない。

身も蓋もない言い方をすれば、自慰のようなものなのだ。

他者が不在なのだから、そう言ってしまっても間違いではないだろう。画像や動画をオカズにするのではなく、実物そっくりの生身の女と実際に体を重ねているところが話をややこしくしてしまうが、心理的にはオナニーなのだ。にもかかわらず、行為がセックスそのものという逆説が、事後の地獄の虚しさを生んだ。

心が取り残された。

セックスの本質は快楽の追求ではなくコミュニケーションにあるという事実を、まざまざと思い知らされた。

早紀のほうはどうだったのだろう?

あのときは、今江が脅迫メールに怯えてパニックに陥ってしまったので、事後の彼女をよく観察できなかったけれど、同じように地獄の虚しさを味わっていたのだろうか。味わっていたとするなら、これからしばらく現在の容姿で生き、セックスを生業《なりわい》にさえしようとしている彼女は、きわめて大きなリスクを背負っていると考えるべきだろう。

AV男優であろうがなかろうが、これから早紀を抱く男たちは、メディア社会が生みだした加倉井怜のイメージに興奮し、熱狂し、むさぼるように腰を使うだろう。恋愛のプロセスを経た女とは決して味わえない、イメージそのものとの交接に陶酔の境地へといざなわれ、常軌を逸したエネルギーで突きまくるはずで、そこで得られる早紀の快楽もまた青天井なはずだ。

最初は夢中になるかもしれない。

しかし、やがて男たちの熱狂が、ただ容姿だけに向けられていることに苦悶するはずだ。見た目は加倉井怜そっくりでも、早紀は決して加倉井怜本人にはなれない。アイデンティティ＝自己同一性が崩壊する。

元の顔に戻ったときが、いちばんの危機だ。

男たちはもう誰も、加倉井怜にそっくりの彼女を抱くように早紀を抱かない。早紀がいくら熱狂的なセックスを求めても、二度と手に入ることはない。むろん、男たちを責めるわけにはいかないだろう。加倉井怜にそっくりな女に興奮している状態のほうが、むしろ異常な状態であるからだ。

しかし、一度禁断の果実を口にしてしまった早紀は、悶え苦しむこととなる。熱狂を求めて欲情し、欲望が満たされないことに絶望し、体はどこまでも渇いていく。体の渇きが精神を痛めつけ、とんでもない行動に駆りたててしまうことだってあるかもしれない。

「俺も初めてだったよ……」

今江は言った。

「でもそれは……」

「そうね。わたしを求めていたわけじゃない……加倉井怜を……」

「偽物だからさ」

今江の言葉に、早紀が息を呑む。

「偽物ゆえに本物を凌駕《りょうが》するんだ。セックスにおいて、快楽においては。もし本物の加倉井怜が相手だったら、たぶんあれほど夢中にならなかっただろう。密室でふたりきりになっただけで、物怖じしちまったに決まってる」

「わたし、怖いのよ……」

早紀は高貴な猫のような眼を痛切に歪ませた。

「次から次に来る男優が、あんなふうに我を忘れて、夢中になってわたしをむさぼることが……わたしじゃないわたしを……だから、男優はひとりだけにしたい。あなたひとりに……そうすることで自分の心を守りたい……」

「気持ちはわかるが……」

今江は苦笑しようとして固まった。歪んだアーモンド型の眼の奥で、早紀の瞳が潤んでいたからだ。よく見ると、瞳が青灰色だった。カラーコンタクトらしい。ロシアの血を引く美貌の歌手にますますよく似た女が、涙を流してこちらを見ていた。

言葉は続かず、眼を離せなくなった。

現実と虚構の境界線が曖昧になり、論理的な思考ができなくなって、眼の前の女を泣かせていることが、途轍《とてつ》もない罪に感じられた。

「お願い、わたしを守って……」

早紀が両手を差しだし、身を預けてくる。

今江は抱きしめてしまった。瞬間、音が聞こえた。理性が崩れる音なのか、現実と虚構を隔てる壁が壊れる音なのか、にわかには判断がつかなかった。

「すべてが終わったら……」

早紀が美しく筋の通った鼻を、今江の胸にこすりつけてくる。

「ふたりで南のリゾートに行きましょう。タイとかフィリピンとか、それほど滞在費がかからないところ。そこで日がな一日セックスばっかりしてるの。ひと月でもふた月でも毎日毎日、甘いフルーツを食べながらね……そのうちにあなたはわたしに飽きてくる……うん、飽きてもいいの。飽きていってほしいの。そうすればわたしも、ゆっくりとこの顔に別れを告げられる。元の顔に戻っても、喪失感は最小限に食いとめられると思う。だってそれなら、恋を失ったのと同じでしょう？　失恋から立ち直る訓練なら、こう見えて人よりしているほうだから……」

今江はAV男優なんてまっぴらごめんだった。顔や性器にモザイクがかけられるにしても、撮影ではすべてが剝きだしである。人前で裸になり、勃起して射精に至れるほど、図太い神経などもちあわせていない。意志とは別の次元で、自信がない。

にもかかわらず、早紀の体を押し返せなかった。

女の美しさには理不尽さを超えて首肯《しゅこう》を迫る強制力があり、泣いている女をかばいたくなるのは男の本能なのだ。そこにつけこむのが女の本能だとわかっていても、地獄めぐりに足を踏みだしてしまった。

「タイやフィリピンは無理だな。パスポートと顔が違う」

「じゃあ、沖縄で我慢する」

眼を見合わせて笑った。今江は早紀の顎を指で持ちあげ、唇を重ねた。

「ぅんんっ……ぅんんんっ……」

舌をからめあうと、早紀の眼の下はみるみる生々しいピンク色に上気していった。これから始まる男女のまぐわいに興奮しているというより、今江が男優を引き受けたことに対する歓喜のほうが強く伝わってくる。

「ねえ、抱いて……メチャクチャにして……」

早紀はペイルブルーの瞳をどこまでも濡らして身をよじった。

「あの子……加倉井怜はね、ちょっとマゾっぽいところがあるの。高蝶が撮ったビデオを、わたしは少ししか見せてもらってないんだけど、新見によれば、高蝶にこっぴどくいじめられて悦んでたんだって……」

「そうか……」

今江は曖昧にうなずいた。ちょっとマゾ、という言葉が菜穂子を彷彿とさせたからだ。もう彼女のことはきれいさっぱり忘れるべきだった。

「だからわたしのことも、ちょっといじめてくれない？　あんまり痛いのは嫌だけど、できれば本物と性癖が似てたほうがいいじゃないの」

「実際はどうなんだ？」

今江は早紀の顔をのぞきこんだ。

「いじめられるのが好きなのかよ？」

「ふふっ、それは自分でお試しになって」

早紀は不敵に笑い、服を脱ぎはじめた。ざっくりしたセーターとレギンスの下には、品のある薄紫のハーフカップブラと、股間への食いこみもセクシャルな同色のショーツが着けられていた。

カメラがズームアウトするように現実感が遠のいていき、代わりに虚構の美とエロスが生々しい匂いを放ちながら迫ってくる。

「ちょっとマゾか……」

今江の頭からは、どうしても菜穂子が離れなかった。高蝶の暴挙によってふたりの間が引き裂かれなければ、やってみたいことがいろいろあった。好奇心旺盛のお嬢さまである彼女は、いつだってセックスにサプライズを求めていたからだ。

「なあに？」

「ちょっとマゾっぽいプレイをするなら、試してみたいことがあるんだけど……」

今江は早紀に言い、奥の部屋の押し入れに向かった。

「やっぱり怖い……」

ゴムチューブを使って後ろ手に縛られた早紀は、表情を硬くこわばらせた。

「手を縛られるだけで、こんなに怖い気分になるとは思ってもみなかった」

「怖いことしようってわけじゃないから、リラックスしてくれよ」

今江は努めて穏やかな笑顔をつくり、早紀を見た。彼女の気持ちはよくわかった。両手を背中で交錯させ、身動きを封じると、薄紫色の下着を着けた肢体がにわかにエロティックな雰囲気を漂わせた。抵抗の手段を奪われた女体が放つエロスだ。なにをされても為す術がなく、受け入れるしかないことが静謐《せいひつ》な官能美を醸しだしている。

「これをつければもっと怖くなるだろうな」

今江はアイマスクを手にした。

「そういう趣味があったわけ？　ＳＭとか？」

「まさか」

今江は苦笑した。

「よく眠れるかと思って買ったけど、使ってなかったものさ。ゴムチューブだって、腰痛のときに腰に巻くためのものだよ。一日中座り仕事なもんでね」

それにしては、女を縛るのにうってつけの道具だった。ロープより肌を傷つけにくいし、すべらないから結ぶのも楽だ。

「じゃあ、してみようか」

「ううっ……」

表情をひときわこわばらせる早紀に、アイマスクをかけてやった。加倉井怜にそっくりな美貌が隠れ、匿名の女がひとり、眼の前に現われた。そういう目的でアイマスクをかけさせたわけではないけれど、今江は胸底で安堵の溜息をもらした。これで人気アーティストのイメージに幻惑されずにすみそうだ。

「いったいどうしようっていうのよ？　こんなことして……」

「べつに深い意味はない。視覚と身動きを奪われると、女の体はすごく敏感になるらしいからね。それを試してみたいだけさ」

ベッドに体を横たえてやると、早紀は身をすくめて震えだした。ひどく怯えている。

「やさしくしてよね……」

「どうかな？」

今江はクククッと喉の奥で笑い、早紀に身を寄せていった。

「キミもあんがい、迂闊だね。こういうふうには考えなかったかい？　俺がキミの隠し事を暴くために、拷問しようとしてるって」

「なによ、隠し事って？」

「さあな、隠し事なんだからわからないよ。でも、しゃべりたくなるかもしれない。もうちょっと怖い思いをしたら……」

「……冗談よね？」

アイマスクの下にある顔から、すうっと血の気が引いていった。

今江は一瞬間を置いてから、

「もちろん冗談さ」

声をあげて笑った。そんなつもりで目隠しや拘束をしたわけではなかったけれど、早紀があまりに怯えているので、からかってやりたくなっただけだ。

しかし瓢箪から駒ということもある。プレイが盛りあがってきたら、カマをかけてみるのも面白いかもしれない。

「んんんっ！」

ブラジャーに包まれた乳房を裾野からそっとすくいあげると、早紀はのけぞって白い喉を見せた、いかにも大仰な反応だった。ふうっと耳に息を吹きかけてやると、身をすくめてぶるぶるっと身震いする。

「ほら、やっぱり敏感になってる」

今江は勝ち誇ったように言い、やわやわと乳房を揉みしだいた。レースに飾られたブラジャーの、ざらついた触り心地が卑猥だった。カップ越しにも、女らしい柔らかさが伝わってきた。それを嚙みしめるように揉みしだいていくと、すぐに先端の部分が硬くシコり、乳首が硬く尖りだした。

加倉井怜は公称二十三歳だが、早紀は来年三十路《みそじ》だと言っていた。顔はそっくりでも、体と性感は本人よりずっと熟《う》れているということだろうか。

「たまらんみたいじゃないか？」

ブラジャーの上から尖った乳首をねちっこく刺激し、耳殻にぬるりと舌を差しこんでやる。早紀はもどかしさとくすぐったさにうめき声をあげ、しきりに身をよじった。

「高蝶にはどうやって抱かれてたんだ？」

「どうって……普通よ」

「ノーマルってことか？」

「ノーマルもノーマル。男らしいっていうか、動物っぽいっていうか、そういうやり方ね。間違っても目隠しとかしない……んんんっ！」

ヴィーナスの丘を撫でられた刺激に、早紀はビクンッと腰を跳ねあげた。刺激そのものが強かったのではなく、眼が見えないから触れられることを予想できなかったのだ。

「俺だってべつにアブノーマルなわけじゃない……」

今江はささやきながら、ヴィーナスの丘のこんもりした盛りあがりを味わうように撫でた。尺取り虫のように指を動かし、ねちり、ねちり、と下奥に這わせていく。

「ううう っ……ううう っ……」

必死に太腿を閉じようとする早紀を嘲笑《あざわら》うように、わずかな隙間に中指だけを送りこんでいく。少しざらついたナイロンの生地越しに、女の部分を撫でてやる。そうしつつ、左手でブラジャーのホックをはずし、白い乳首を剝きだしにした。物欲しげに尖った乳首をねろねろと舐め転がした。

「ううう っ……くぅううう ーっ！」

早紀は悲鳴をこらえて歯を食いしばった。指先がクリトリスの上に差しかかると身をこわばらせ、通過するとぶるぶるっと身震いする。左右の乳首を唾液まみれにするころには、ハアハアと息があがり、アイマスクの下の顔を生々しいピンク色に染め抜いた。額にじっとりと汗を浮かべ、自由を奪われた体を激しくよじらせた。

「そんなにあわてて気分出すなよ」

今江は十本の指先をひらひらと躍らせ、フェザータッチで無防備な女体を責めていく。

「まだ始まったばかりだぜ。それとも、もう脱がせてほしいかい？」

ショーツの布を引っぱると、

「いやっ！」

早紀は首に筋を浮かべて抵抗した。

「脱がさないで……目隠しをされたまま脱がされるなんて……恥ずかしい……ちょっと耐えられそうにないから……」

「ふふっ、そうかい」

ならばと今江は、早紀に身を寄せて、蛇のように体をからみつけた。口づけを交わしながら、ねちっこく体をまさぐっていった。

自分がこれほどしつこい性格の持ち主だとは思わなかった。

早紀の体を愛撫しはじめてから、すでに一時間が経過している。じっくりと時間をかけて体中をまさぐり、舐めまわし、それでもまだやめる素振りを見せない。

「ねえ、お願い……お願いよ……」

早紀が震える声を絞りだす。

「もう許して……これ以上焦らさないで……」

早紀の体は噴きだした汗によって油をひいたように濡れ光り、甘ったるい発情の匂いを放っていた。アイマスクの下の顔は火を噴きそうなほど真っ赤に上気して、耳や首、胸元まで同じ色に染めあげられている。

「さあて、どうしようかなあ……」

責めている今江も、額から汗をしたたらせていた。ブリーフ一枚になっているにもかかわらず、興奮が体中の血を沸騰させ、全身が汗ばんでいる。

今江はいま、早紀の体をM字に割りひろげて両膝をつかんでいた。

無防備に開かれた股間には薄紫色のハイレグショーツが食いこみ、こんもりと盛りあがったヴィーナスの丘をさらしている。彼女の体中をまさぐり、舐めまわした今江ではあるけれど、ショーツに包まれた部分だけは最初に少し触っただけだった。触らなくとも熱く疼いて、大きなシミをつくっていた。割れ目の形状をくっきり浮かびあがらせるほどの蜜を漏らし、アーモンドピンクの色艶まで透けて見えそうだ。

「脱がせてほしいのかい？」

ショーツのフロント部分、小さなリボンがついているところを指でつまみ、キュッと引っぱりあげると、

「くぅううう━っ！」

早紀は激しく身悶えした。

「そ、そうよ……脱がして……脱がしてちょうだい……」

「さっきは脱がさないでって言ったじゃないか？　目隠しされたまま脱がされるなんて恥ずかしいって」

「言ったけど……もう許してほしいの……」

「脱がせておまんこ見てほしいのか？」

クイッ、クイッ、とショーツを引っぱりあげ、生地を股間に食いこませる。早紀はせつなげに眉根を寄せつつも、腰がその動きに釣られて動きだしてしまう。

「くぅうう──っ！　くぅううう──っ！」

刺激と恥辱に身悶えて、汗に濡れた双乳をタプタプとはずませる。

けれどもそれが、興奮と裏腹の身悶えであることを、一時間も責めつづけた今江は知っていた。本人曰く、マゾの資質はないらしいが、羞恥責めには弱いらしい。羞じらいながらもどうしようもなく燃えてしまうようだ。目隠しと拘束という小道具が、マゾヒスティックな快感をよけいに増幅させているようでもあった。

「おまんこ見てほしいのか？」

ショーツをぎゅうっと強く、股間に食いこませた。薄紫の生地の両脇から、黒い繊毛が無惨にはみ出す。

「あぁううう—っ！」

早紀が悲鳴をこらえきれず、甲高くあえぐ。

「毛が見えてるぞ」

クイッ、クイッ、とショーツを引っぱり、食いこみを強めていく。びっしょりに湿った生地をほとんど紐状にして、股間というより女の割れ目に食いこませる。

「いっ、いやっ……」

早紀はちぎれんばかりに首を振りつつも、くねくねと腰を動かしていた。大股開きでショーツを食いこまされている部分を、物欲しげに上下させては背中を反らせる。いかにも切羽詰まった反応に、濃密なエロスが迸《ほとばし》る。

「なにが、いやだ。自分で腰を動かしてるじゃないか」

今江はぎゅうっとショーツを食いこませては、ヴィーナスの丘の麓《ふもと》をねちっこく指でいじりたてた。

「あううっ！　いやいやいやあああっ……」

痛切な悲鳴をあげた早紀は、いまにも絶頂に至りそうな勢いで五体をこわばらせ、ガクガクと腰を震わせた。今江が刺激しているのはクリトリスだった。といっても、濡れたショーツ越しの刺激はもどかしいばかりのはずで、小さな刺激を必死に手繰り寄せ、寄せ集めてオルガスムスに至ろうとしている姿が、浅ましくもいじましい。

今江は血走るまなこを見開いて、ショーツを操り、中指を躍らせた。じわじわと真綿で首を絞めるように女体の興奮を高めていき、オルガスムスに至りそうになると力を弱める。それをしつこく繰り返す。ねちっこさも度を過ぎれば陶酔が訪れる。生々しく紅潮した肌を汗にまみれさせ、五体の肉という肉を淫らがましく痙攣させている女から、さらに焦らしの生汗を絞りとってやりたくなる。

「なあ？　隠してること、本当にないのか？」

ショーツを引っ張りあげながら訊ねると、

「ないっ……ないって言ってるでしょう」

早紀は焦った声をあげ、身をよじって刺激を求めた。

「本当かな？　もしかすると、高蝶を殺したのはキミだったりして」

「……なんてことを言うの？」

早紀は閉じることのできなくなった唇をわなわなと震わせた。

「そんな馬鹿なことが……わたしが彼を殺したなんて……」

「だって考えてもみろよ。高蝶が死んだのはほんの二週間くらい前なのに、いまは弟分の俺とこんなことをしてるんだ。そんな女の言うこと信じられるか」

いったん愛撫の手を離すと、

「いやあっ、やめないでえええっ……」

「高蝶を殺したって認めるか？」

「違うっ！　そんなことしてないっ……」

「認めるまで愛撫はお預けだな」

「そんなっ……そんなあああっ……いやあああああっ……」

早紀は少女じみた声をあげて、アイマスクの下で泣きだした。「えっ、えっ」と嗚咽をもらし、手放しで泣きじゃくった。

菜穂子もこんなふうに泣いただろうか、と今江は思った。

何事もなく付き合いを続けていれば、好奇心旺盛のお嬢さまをこんなふうにいじめたこともあっただろう。

アイマスクをしていることで、いま責めている女が、かつての恋人にも見えてきた。名門女子大に通う清楚なお嬢さまも、視覚と身動きを奪ってここまでしつこく焦らしてやれば、こんなふうにあられもなく淫らな愛撫を求めてきただろうか。

「ねえ、お願いっ……お願いしますっ……脱がせてっ……ショーツを脱がせて、おまんこいじってください……あああっ……おまんこ舐めたりいじったり、おちんちん入れたりしてくださいっ……」

今江は欲情をこらえきれなくなった。ブリーフを脱ぎ捨てると、勃起しきった男根が唸りをあげて反り返った。自分でも驚くほどの興奮具合だった。涙まじりの声をあげている早紀の口唇に、鬼の形相でいきり勃った肉の凶器をむりむりとねじりこんでいく。

「ぅんぐううううっ……」

「いやらしい女だな。女のくせにおまんこなんて言うんじゃない」

「んぐっ！　ぐぐぐっ……」

驚き、慌てる早紀の口唇を深々とえぐり、腰を使って抜き差しした。生殺し地獄にのたうちまわる早紀の口内はひどく熱く、大量の唾液にまみれていた。早紀はその唾液ごと、じゅるっ、じゅるるっ、と浅ましい音をたてて男根を吸ってきた。情熱的な口腔奉仕をすれば、自分の股間にも愛撫の手が戻ってくると考えたのだろう。

しかし今江は、喜悦をこらえてただ黙々と非情なイラマチオを続けた。悠然としたピッチで腰を使い、野太く隆起した男根でアイマスクの女の口唇をしたたかに犯していく。

「んぐっ……んぐぐっ……」

鼻奥で悶える早紀の体は、小刻みに震えだした。口に咥えた男根の、硬さや太さや男性ホルモンの匂いに興奮し、欲望を燃えあがらせているのだろう。いま口にあるものが両脚の間に突っこまれたときのことを想像しては、身震いしてしまうのだろう。

だが、いくら欲情を燃えあがらせても、股間はえぐってもらえない。もどかしさに全身で泣いている。挿入を求めて熱烈に男根を舐めしゃぶっては、骨が軋みそうなほど身をよじり、汗まみれの太腿をこすりあわせて、理不尽な生殺しプレイに耐えている。

たまらなかった。

ひとりの女を支配しきっている万能感が、欲情と結びついて今江の全身を熱く燃えたぎらせていく。アイマスクをはずせばきっと、加倉井怜にそっくりな美貌がくしゃくしゃに歪み、青灰色の瞳を淫らな涙で濡らしきっていることだろう。この世のものとは思えないほどいやらしい光景が出現するに決まっているが、そうしようとは思わなかった。

アイマスクをしていることで、彼女は早紀であると同時に、菜穂子だった。

二度と会うことも叶わない最愛の恋人と、ＳＭじみた倒錯プレイに溺れている妄想に酔うことができた。

「ぅんあああっ……」

口唇から男根を引き抜くと、早紀は大量の唾液を顎から喉へとしたたらせた。今江はそれを拭ってやることもせずに、発情の蜜にまみれたショーツを奪った。両脚の間に腰をすべりこませると、はちきれんばかりに勃起しきった男根で、淫らがましく疼いている女の割れ目をずぶずぶと貫いていった。

「はっ、はぁあうううううーっ！」

衝撃にのけぞった早紀の体を抱きしめて、すかさずフルピッチの律動を送りこんでいく。ずんずんと子宮を突きあげ、びしょ濡れの柔肉を攪拌した。早紀は結合の衝撃だけで、軽いオルガスムスに達したようだった。五体がガクガク、ブルブルと震えだし、獣じみた悲鳴がとまらなくなった。

今江は頭を真っ白にして、むさぼるように腰を使った。イキッぱなしになっている早紀をきつく抱きしめ、なおも激しく突きまくり、やがておのれが臨界点に達し、煮えたぎる欲望のエキスを噴射するまで、恍惚の頂点に釘づけにしていた。

ピンポーン。

部屋の呼び鈴が、ねっとりと湿った静寂を破った。

射精を終えてから五分前後だろうか。

結合をといてもしばらく体の痙攣がとまらなかった早紀は息絶え絶えで、すべてを吐きだした今江は精根尽き果てていた。ようやく呼吸を整えおえても、体を動かすことができず、ベッドに並んで呆然と天井を見上げていることしかできなかった。

呼び鈴が鳴ったのはそんなときだった。

淫靡な湿り気を帯びた部屋の空気を甲高い電子音で揺すられ、朦朧としていた今江の意識は無理やり覚醒させられた。

ピンポーン……ピンポン、ピンポンポン、ピンポンポン、ピンポンポン……。

「なんなんだよ、いったい……」

今江は水を含んだズダ袋のように重い体を起こし、玄関に向かった。一歩、二歩、と歩を進めながら、おかしなことに気づいた。

この部屋を訪ねてくる者など、そういえばいるはずがないのだ。

仕事先にも田舎の友人にも、ここの住所は教えていない。宅配便だって頼まないから、呼び鈴を押すのは新聞や宗教の勧誘くらいのものだ。

居留守でやり過ごそうと引き返しかけると、

「おいっ、いるんだろ？　開けてくれ、俺だよ……新見だよ……」

ドンドンドン、と扉を叩きながら声がした。

「忘れ物しちまったんだ……おいっ、俺だってっ……新見だよ……」

なるほど新見か、と今江は納得したが、その声がひどく上ずり、ひきつっていることが気になった。嫌な予感がした。こういう場合の嫌な予感があてになるのは実証済みだった。息をひそめてドアスコープをのぞきこんだ。

真っ暗だった。

魚眼レンズによって見渡せるはずの、ドアの向こうの景色が見えない。誰かが向こうから指で押さえているとしか、理由は考えられなかった。どうして新見が、そんなことをする必要があるのだろうか。

「おいっ、いないのか？　本当にいないのか？」

今江は息をひそめたままドアから顔を離し、ゆっくりと後ずさった。全身の細胞が緊急事態を知らせるサイレンを鳴らし、「逃げろ！」と命じてきた。

五年前、新宿歌舞伎町で遭遇したトラブルを思いだす。キャバクラ嬢をフーゾクにスカウトしようとして、その道のプロに袋叩きにされたときのことだ。

テーブルで酒を飲んでいるときから、嫌な予感がしていた。黒服の態度にピリピリしたものを感じたのが最初の兆候で、「なんか空気ヤバくないすか？」と高蝶に言ったのだが、相手にしてもらえなかった。店を出ると、誰かに尾行《つけ》られているような気がした。それも高蝶に言ったが、やはり無視された。

結果、待ち受けていたのは地獄のリンチだ。

危険を肌で察したとき、逃げておくべきだったのである。裏社会の人間とは、対峙してしまったらその時点でアウトなのだ。向こうは暴力のプロであり、こちらは素人。武器もなければ、後ろ盾もいない。逃げる以外にとるべき道はない。

今江は息を殺してベッドの側まで戻ると、物音に注意してブリーフを穿《は》いた。ジーパンにTシャツ、ブルゾンまで手早く着けた。

「静かに」

早紀の耳元でささやき、アイマスクをはずす。後ろ手の拘束をとく。

「んんんっ……」

早紀が重そうに瞼をもちあげ、濡れた瞳を向けてくる。眼の焦点が合わず、かすかなうめき声にはオルガスムスの余韻がありありと滲んでいた。

「なんかヤバい予感がする。逃げるから服を着るんだ」

ベッドの下に散らばっていた早紀の服と下着を集めて渡し、音をたてないように窓を開いた。幸いにも部屋は二階で、眼の前には隣家との塀がある。そこに飛び移ればマンションの裏へと簡単に脱出できる。

だが、扉の向こうから、もう新見の声は聞こえてこない。帰ったのだろうか？　逃げるまでもなく、このままやり過ごしてしまえるかもしれないと思った瞬間だった。

「ねえ、なんで逃げるの？」

早紀が言った。押し殺していない、普通の声だった。

「わたし、まだ動けないよ。すごかった。こんなに続けてイキまくったの、わたし……」

「シッ！」

今江は唇に指を立てて早紀を睨んだが遅かった。

「声がするじゃねえか」

扉の向こうから聞こえてきたのは、新見の声ではなかった。

「ちくしょう、いんのか。こじ開けちまおう」

舌打ち混じりの声に続き、メリッという金属音が聞こえた。まさかとは思ったが、ドアと戸当たりの間にバールが押しこまれたらしい。相手は完全にプロだ。

「行くぞ」

今江は早紀の手を引っぱった。もはや躊躇っている暇はない。早紀はまだ裸のままだったが、このまま逃げるしかない。

「ちょっと、やめて。なにするの……」

しかし早紀は、訳がわからないという顔でその場にしゃがみこんだ。

「逃げるんだよ、ヤバいんだ。そのままでいいから外へ……」

　今江は裸足のまま窓に乗りだし、塀に飛び移る準備を整えた。

「馬鹿なこと言わないでよ。こんな格好で外なんて行けるわけないでしょ」

「いいから来るんだ」

　外に引きずりだそうとする今江の手を、早紀は「いやっ！」と悲鳴をあげて振りほどいた。ほぼ同時に、ドアがバールでめくられた。ドアチェーンをしてあったが、ドンッ、ドンッ、と二度ほどドアに体当たりされると、簡単に壊された。

「おいっ、待て、コラッ！」

　野太い声をあげて部屋に押し入ってきた賊の姿を、今江は見ていない。

　一回目の体当たりの音が聞こえた時点でパニックに陥り、早紀を残したまま隣家の塀に飛び移っていたからだ。ひどい話だった。女を残して敵に背中を向けるなんて男の風上に置けない、と非難されればひと言も返せない。

　しかし一方で、それは暴力を知らない人間の言葉だと思う。

　理屈ではなく、体が動いてしまった。

　後ろから男たちの怒声や物音、早紀の悲鳴が聞こえてきたが、今江には振り返る勇気さえなかった。頭の中が真っ白になり、ただひたすらにその場から逃げだすことしかできなかった。

第六章　モザイクの向こう側

これほど走ったのは久しぶりだった。命をとられる恐怖に駆られ、息を切らしてなにから逃げたのは、五年前、新宿歌舞伎町の監禁事件以来だ。

マンションの窓から脱出した今江は、裸足のまま路地から路地を抜け、人やクルマの気配を死にもの狂いで避けながら、とにかく自宅から離れた。自分がどこにいるのかもわからないまま、見えない追っ手から逃げて逃げて逃げまくった。

気がつけば、眼の前に浅黄色の橋が見えた。隅田《すみだ》川に架かった言問《こととい》橋だ。

子供たちが遊ぶ隅田公園を抜け、浮浪者が青いテントを張る堤防敷に出て花壇の縁に腰をおろすと、ようやくひと息つくことができた。

心臓が胸を破りそうなほど早鐘を打っていた。

一時間近くも走っては物陰に隠れ、また走ってを繰り返していたのだ。五年も引きこもりのような生活をしていた者にとって、心肺機能の限界を超えていた。

しかし……。

息が整っても心臓の早鐘はおさまることなく、むしろ激しさを増していくばかりだった。体の芯を震わせる戦慄が、手や指、両膝や爪先まで波及し、まるで凍える氷点下にいるように体中を震わせている。

「ちくしょう……」

部屋に残してきた早紀のことを考えると、胸が潰れてしまいそうだった。

突然部屋に押し入ってきた、暴力の匂いのする男たち。早紀が彼らに身柄を拘束されていることは間違いない。新見とふたりで、喉が裂けるほど悲鳴をあげても助けが来ないところに閉じこめられているはずだ。

あの男たちは何者なのか？

十中八九、加倉井怜のハメ撮りビデオがらみで動いている者だろう。

高蝶と新見の繋がりを突きとめ、ネタを横取りにきた同業者か、ネタを抹消せよというミッションを受けたやくざ……。

新見はおそらく、自宅か仕事場に戻ろうとして彼らに捕まった。

ドアスコープをのぞくことができれば、血まみれの彼と対面することができたかもしれない。相手はマンションのドアを躊躇《ちゅうちょ》なくバールで開けるような輩《やから》である。どんな拷問で吐かされたのか想像したくもないが、今江のことや加倉井怜そっくりに整形した女の存在、あるいは高蝶と練りあげた恐るべき計画の全貌までしゃべってしまった可能性は高かった。

今江はブルゾンのポケットから携帯電話を取りだした。

非通知の受信歴が何十件とあった。逃げている最中からコール音が鳴りっぱなしだったのだが、とりあえず電源を切っておいたのだ。

かけてきたのは、部屋に押し入ってきたあの男たちに違いない。

「出るなっ！」「逃げろっ！」と心の中でもうひとりの自分が叫んでいたし、いまも叫んでいる。

ジーパンの尻ポケットには財布が入っていた。

携帯電話もそうだが、旅先から戻ったばかりだったことが幸いした。普段のように、机の上に置いてあったら、咄嗟《とっさ》にポケットに入れている余裕などなかったかもしれない。現金に加えてカードもあるから、逃走資金は充分にあった。

しかし、これ以上どこに逃げればいいのだろうか？

逃げているだけでは新見や早紀を見殺しにすることになってしまう。

警察か？

冷や汗にまみれた手で携帯電話を握りしめた。

だが、警察に通報したとして、自分が立たされている窮地をどう説明すればいいのか、今江にはわからなかった。見知らぬ男たちが、自宅マンションのドアをバールで開けて押し入ってきた。これは事実だが、「心当たりはありますか？」と訊ねられたら、どう答えればいいのだろう？

加倉井怜という有名歌手が過去に残したセックスビデオを、やくざや裏ＤＶＤ業者が血まなこになって探しているんです、と言ったところで、現物が眼の前にあるわけではないから、白日夢でも見ていると思われるのがオチだろう。

それに、現場検証を求める警察と一緒に、のこのこ御徒町の部屋まで戻ったりすれば、見張りに見つかるに決まっている。見つかれば新見や早紀と同じ運命を辿ることになる。警察がこの身を保護してくれるとはとても思えない。

携帯電話が鳴った。

相手は非通知だった。

今江はスリーコールぶん躊躇してから、思いきって電話に出た。

「逃げられると思うなよ」

相手の男はいきなり言った。

「ビデオを持ってこい。高蝶が撮影したハメ撮りビデオだ」

「そんなもの持ってない」

今江は言ったが、

「ならいい」

男は抑揚のない声で返してきた。

「直接会ったときも同じことを言えばいいよ」

「待ってくれ。俺は本当に関係ないんだ。それよりあのふたりは……早紀と新見はどうなった？」

「夜までにビデオを渡せる準備をしておけ。次に電話してもまだしらばっくれてたら、容赦はしないよ。いいね、今江比呂彦くん」

男は言い放ち、一方的に電話を切った。話しあいの余地など一ミリたりともないようで、最後に呼ばれたフルネームが戦慄を運んできた。どうやら、こちらの個人情報はすべて知られてしまったらしい。故郷にも、生活の糧を得ている取引会社にも、早晩手がまわるだろう。

「ち、ちくしょう……」

今江はガクガク震えている両膝を押さえて立ちあがった。秋の空はすでに暮れはじめており、青空と夕焼けのオレンジがせめぎあっている。夜はもう眼の前だ。

「逃げよう……逃げるしかない……早紀や新見がどうなろうと知ったことか……」

どう考えても、命を賭してまでふたりを助けなければならない義理などなかった。高蝶と新見と早紀の三人で練りあげた悪だくみがこんな事態を起こしたのだから、自業自得と言うものだ。今江はその悪だくみにはいっさい関知していないし、それどころか、本当に高蝶とは絶縁状態の没交渉だったのである。

まだ裸足だった。

誰かが捨てたサンダルが、花壇の奥で泥を被っていた。今江はそれを拾いだすと、足を突っこんで歩きだした。

本当に見捨てるの……。

女の声が聞こえ、今江は立ちどまった。

見捨てて自分だけ逃げちゃうの……。

声は闇から聞こえてきた。頭の中に巣くったブラックホールのようなところから、咎《とが》めるようにささやかれた。

いや、闇ではない。

モザイクの向こう側からだ。

かつて裸の仕事に堕とした女たちが、いっせいに非難の声を浴びせてきた。

早紀は象徴なのかもしれなかった。

今江と高蝶がナンパしてフーゾクの世界へ背中を押した女たちの象徴だ。

モザイクの向こう側に堕ちようとしている女を、このまま見捨てて逃げるなんてひどいと、すでに堕ちた女たちが言っている。仲間を増やすなと叫んでいる。

「馬鹿言え……」

今江は震える声で独りごちた。

早紀と彼女たちは根本的にタイプが違う。早紀はぼんやりしているうちに自分たちの口車に乗せられたわけではなく、高蝶と出会う前から枕営業も辞さないキャバクラ嬢だったた。みずからの欲望に忠実に、したたかに生きていた。加倉井怜のそっくりさんになったのだって、高蝶の被害者というより、共犯者であり、その結果、闇社会の人間にさらわれたのだから、自業自得というものだ。

それでも、足が前に出なかった。

ひどいよ……。

今度は声だけではなく、姿も見えた。

菜穂子だった。哀しげな瞳をしていた。たとえ一度や二度でも、情を交わした女をそんなふうに見捨ててくれるなと、無言のままに訴えてきた。

「じゃあ、どうしろって言うんだよっ！」

今江は思わず怒声をあげてしまった。自分でも驚くほどの大声で叫び、叫んだあとしばらくわなわなと震えがとまらなかった。

街中であれば怪訝な視線がいっせいに集まってきただろう。しかし、隅田川の堤防敷に座りこんでいる浮浪者たちは、死んだ魚のように濁った眼を虚ろに泳がせたまま、一瞥《いちべつ》を向けてくることもない。

今江はぞっとした。

早紀を見捨てて逃げるということは、死んだ魚のような眼になってしまうということではないのか。御徒町のマンションに引きこもっていた五年間を、再び繰り返すことになるだけだ。過去と無関係になるかわりに、死んだように生きる男となる。ただ息を吸い、飯を食って、糞尿を垂れ流すだけの日々……。

うんざりだった。

思えばあのとき、高蝶に裏切られたときもそうだった。荒れ狂う感情を抑え、一歩前に出ずに、逃げだした。

もっと怒ればよかったのだ。高蝶に対して正面から文句を言い、殴ってやればよかった。殺すとか殺さないとかの話ではない。理不尽さに憤怒し、糾弾しなかったことが、結果として自分の感情を殺してしまった。

菜穂子に対してもそうだ。愛してるなら身を引くべきではなかった。もっと食らいつき、食い下がって、気持ちを伝えるべきだった。おまえが必要だと訴えるべきだった。

川風がすうっと頬を撫でた。

早紀を助けよう、と思った。

日がな一日部屋に閉じこもってモザイクをかけている人生より、そちらのほうがよほど意味がある。たとえ殺されても、死んだように生きるより多少はマシに違いない。

しかし、どうすればいい？

どうすれば助けられる？

「考えろ、考えろ……」

今江は檻に囚われた猛獣のようにぐるぐるとその場で歩きだした。

加倉井怜のハメ撮りビデオさえ見つかれば、なんとかなるには違いない。高蝶はいったいどこに隠したのだろう？　早紀と新見は、おそらく血まなこになって探したはずだ。それでも見つからないということは、やはり高蝶と一緒に交通事故で炎上してしまったのではないだろうか？　新見はともかく、早紀は高蝶の恋人だったのだから、プライヴェートまで知り尽くしていただろう。部屋の鍵を茶封筒に入れて郵便受けに置いているという、そんな細かい癖まで知っている彼女が、知らない隠し場所なんて……。

「……そうか」

今江はハッとして立ちどまった。

早紀が高蝶の恋人であればこそ、知り得ないこともある。教えられていないであろう場所があるではないか。

高蝶は呆れるほどの見栄坊だった。そこしか住処がないころはともかく、西池袋に小綺麗なマンションを借りてからは、貧しかった時代に雨風を凌いでいたボロアパートの存在を、女の前で口にしたことはない。仕事でナンパした相手にもそうだったのだから、あれほど惚れこんでいた本命の恋人に対して、隠し通していても不思議ではなかった。

思ったとおりだった。

予想が見事的中したことに、今江は安堵と戦慄を同時に覚えていた。

椎名町にあるボロアパート、雨月荘の部屋に今江はいた。

二度と足を踏みこみたくない場所だった。ここで菜穂子を抱いたばかりに、彼女の輝ける未来をドス黒く塗り潰してしまった。

部屋の様子は、五年前と少しも変わっていなかった。

壁際に真新しいワークデスクが置かれ、三十インチの大型モニターを擁するPCタワーが鎮座していたが、それ以外はほとんど当時と変わらない。ユリとマキをここへ連れこんだとき、部屋をふたつに隔てるために使った重厚な鉄製のアンティークハンガーラックまで、現役で使用されている。

そして……。

押し入れから、見たことのない段ボール箱が出てきた。中をのぞくと、煙草のパッケージより小さなデジタルビデオのテープが、ぎっしりと詰めこまれていた。

ビンゴ、というやつである。

部屋に入ることができたのは、鍵の隠し場所が昔と同じだったからだ。郵便箱の茶封筒の中である。部屋の扉には「家賃がまだです。大家」という貼り紙がされていた。高蝶が死んでから、一度月が替わっている。激安の家賃とはいえ、さすがにあの世からでは払えないらしい。

すでに夜だった。

携帯電話が非通知の相手からのコール音を鳴らした。

「いま探してる」

今度は今江が先手を取った。

「少し待ってくれ、ちょうど目星がついたところだ」

「ほう、ずいぶんな心変わりだ」

電話の向こうで男がククッと喉を鳴らした。

「今江くんは関係なかったんじゃないのかい？」

「それは嘘じゃない」

「まあいい。ビデオを渡す気になってくれたならな」

「あんたら、加倉井怜の事務所に雇われてるのかい？　ハメ撮りビデオを闇に葬るために……それとも新見のライバルの裏業者か？」

「もちろん、最初のほうだ。ビデオを葬りたいほうだよ」

「なら、見つかり次第渡す」

「あんまり長くは待てないみたいだぜ……」

男が意味ありげに言葉を切ると、背後から男と女の悲鳴が聞こえてきた。誰のものであるのか、問い質すまでもなかった。

「こっちだってダラダラやってるほど暇じゃない。今晩中に……朝までにはケリをつけるつもりさ」

今江は電話を切り、段ボールを開けた。

テープの他にカメラも二台見つかったので、電源を繋いだ。カメラの再生機能を使って、一つひとつ中身をチェックしていくのだ。

骨の折れる作業になりそうだった。しかし、見つかる可能性は低くない気がした。この部屋をまだ温存していたことと、それを新見や早紀も知らなかったことが、今江にある種の確信を抱かせていた。

加倉井怜のハメ撮りビデオが見つからなければ、新見はかなりの確率で殺される。早紀に至っては、なにしろ加倉井怜にあれほどそっくりなのだ。殺されるより過酷な運命が待ち受けているに違いない。

だが、天はふたりを見放していなかったようだ。

問題のビデオは、拍子抜けするほどあっさりと、作業を始めて五分と経たないうちに見つかった。

デジタルビデオカメラをＰＣのモニターに繋いで、今江はそれを見た。

無編集のマスターテープなので、ナンパからハメ撮りまでの一部始終が、時系列順に収まっていた。

最初、高蝶が路上で声をかけた加倉井怜は、たしかに垢抜けない女の子だった。顔立ちはいまと変わらないのに、服装と髪型がすべてを台無しにしていた。いったいいつの時代の流行なのか、シタールの音が聞こえてきそうなサイケデリックな花柄のブラウスに、サイズもルーズな薄汚れたブルージーンズ。同じく薄汚れて、妙に爪先がふくらんだエンジニアブーツ。髪型は前髪を眉毛の上で真っ直ぐ切った野暮ったいセミロングで、色も真っ黒。

高円寺や吉祥寺に生息している音楽少女の典型と言えば典型だったが、高蝶の眼にはさぞや、ナンパの口車に乗りやすい服装のチグハグな女の子の典型に見えただろう。

しかし、裸になればそんなことは関係ない。

ギラギラと装飾過多なラブホテルの部屋で服を脱がされた加倉井怜は、おっぱいを揉まれたり乳首を吸われたり、勃起した男根を口に咥えたり、股間を舐められて身悶えたりと、偽物ではない濃厚なセックスをカメラの前で披露した。

モザイクを入れられていないマスターテープなので、女の花の色艶や、体の奥の肉ひだの濡れ具合、性器と性器の結合場面まで、なにもかもすべてが詳《つまび》らかだった。

今江は息を呑んで食い入るように画面を見つめ、気がつけば痛いくらいに勃起していた。勃起などしている場合ではないのに、体が反応してしまうだけのインパクトがその映像にはあったのだ。

加倉井怜はあえぎ方がとにかくいやらしかった。

四分の一だか八分の一だかロシア人の血を引いているせいだろうか。まだ二十歳そこそこで、笑うとあどけなささえ漂ってくるのに、眉根を寄せた表情は身震いを誘うほどセクシャルで、性感の早熟さをまざまざと見せつけてきた。

一方、映像の中の高蝶は、テープが後ろに進めば進むほど粗暴な男になっていった。

若き日の加倉井怜が、

「わたし、ちょっとマゾっぽいところあるんですよぉ。いじめられるのけっこう好き」

とか、

「もっと乱暴にされても大丈夫」

などと口走ると、わざとらしいほどサディスティックに振る舞い、言葉責めをしたり、尻を叩いたり、オモチャの手錠をかけたりするのだが、とにかく女体の扱いがひどく荒っぽく、どこか投げやりなムードが漂っていた。

好みのタイプではなかったのかもしれないし、ハメ撮りビデオの撮影にうんざりしていたのかもしれない。所属事務所が発信源の噂を耳にするまで、高蝶がビデオの存在を忘れていたことからも、彼がこのハメ撮りに乗り気でなかったことは容易に想像がつく。

しかし、それがかえってセックスそのものを盛りあげる結果になったのだから、わからないものである。

投げやりで粗暴な男と、いじめられるほど燃える女の情交は、お互いの気持ちをすれ違わせたまま激しい肉弾戦へと突入し、一種異様な陶酔感を醸しだした。女を物として扱うことをサディズムと勘違いしている男と、物として扱われることがマゾヒズムの快楽だと思いこんでいる女の波長が、ぴったりと合ったわけだ。

高蝶は加倉井怜を四つん這いに這わせると、眼をそむけたくなるほど力をこめて彼女の尻を叩いた。後ろ手に手錠をした状態で、無防備になった乳房にまで平手を飛ばした。丸みを帯びた白いふくらみにくっきりと赤い手のひらの痕《あと》がつき、けれども加倉井怜は失禁したように股間をびしょびしょに濡らしている。

やがてふたりの体が重なり、高蝶がピストン運動を送りこみながら加倉井怜の首を絞めはじめると、今江は思わず椅子から腰を浮かせてしまった。そこまでやるのかと啞然とした。けれども加倉井怜は感じていた。首を絞められながら何度も何度も恍惚にゆき果てていく加倉井怜の姿は壮絶のひと言だった。白眼を剝き、涎を垂らして、五体の肉という肉を激しく痙攣させ、高蝶が射精に至ってもしばらく痙攣がおさまらなかった。

「……ふうっ」

ビデオを最後まで見終えた今江は、椅子にもたれて大きく息を吐きだした。高蝶が加倉井怜の細首を絞めあげ、フィニッシュの連打を開始したあたりから、画面に食い入るあまり呼吸をするのを忘れていた。

すさまじい映像だった。

こんなものが世間に流出したら、と胸底でつぶやく。

加倉井怜がどれほどのダメージを受けることになるのか、想像もつかなかった。ライブ活動やテレビ出演の中止、CM契約の打ち切り、表舞台には姿を現わせない謹慎処分……いや、彼女のタレント生命というレベルを超えて、大きな社会的事件になるだろう。彼女ほどの有名歌手のセックス映像の流出、という事態だけにとどまらず、映像そのものに社会を揺るがすエキセントリックなエネルギーが充満しているからだ。

高蝶の撮影したビデオには、眼をそむけたくなるような俗悪さと、眼を釘づけにするエロティシズムの迸りが共存し、テレビに出ている評論家の類がどれだけ批判的な言葉を浴びせようとも、人々が我先にと入手に走るのは眼に見えていた。もしかすると、首絞めセックスがブームになってしまうかもしれない。そんなやくたいもない妄想を抱かせるような衝撃的なインパクトが、その映像にはたしかに宿っていた。

もちろん、このビデオが世間に流出することはない。

そうはさせない。

今江は運命というもののあり方に、不思議な感慨を抱かずにはいられなかった。

自分がこのビデオを発見したことで、早紀と新見を救いだすことはできるだろう。天はふたりを見放さなかった。一方で、天は加倉井怜も見放さなかった。今江がこのビデオを発見しなければ、いつか誰かがこのマスターテープを発見し、一攫千金を夢見る可能性はかなり高いと言わざるを得ない。

天は加倉井怜に「歌え」と言っているのだろう。

それでいい、と今江も思った。天から才能を授かっている人間が、若き日の小さなあやまちですべてを台無しにしてしまうことはない。

そう思うと、気持ちが少し軽くなった。

あとはどうやって、新見と早紀を救いだすかである。こちらがマスターテープを渡し、口外しないと約束すれば、すんなり事態は解決するのだろうか。映像のコピーを持っていないか嫌疑をかけられ、あるいはネタの存在を知ってしまったからといって、命をつけ狙われたりするのはまっぴらごめんだ。

「……んっ？」

そのとき、流しっぱなしにしていたハメ撮りの映像が途切れ、別の場面に切り替わった。編集されていたわけではなく、重ねて録画したらしい。これマスターテープだろ、と今江は胸底で舌打ちした。脅しやユスリの材料にしようとしてハメ撮りをしているわりには、やっていることがひどく雑だ。

PCモニターに映ったのは、いまいる雨月荘の部屋だった。何度か景色が流れてから、画面が安定した。カメラが三脚に据え置かれたらしい。

壁を背景にした部屋の景色の中に、高蝶がすごすごと現われた。いつもの巨漢を誇示するような横柄な態度ではなく、初めて高座にあがる前座の噺家《はなしか》のような頼りない感じで、カメラに向かって正座した。背中を丸め、自信のなさそうな上目遣いを向けてきた。

「……悪かったな」

深い溜息をひとつついてから、絞りだすような声で言った。

「おまえが怒るのも当たり前だよな。怒るってわかっててやったんだから、謝るのもおかしな話なんだが……やっぱり謝っとく。悪かった。申し訳ない……言い訳になるけど、あそこまで大騒ぎになるとは思ってなかった。ちょっと懲らしめてやろうって、そんな感じだった。本当は盗撮だけして流出させるつもりはなかったけど、それを新見に話したら、これはすごい金になるって言うから、つい……。おまえがあのお嬢さんとばっかりツルむようになって、仕事に手を抜くようになったからさ、頭にきて……でも、きっと嫉妬《しっと》してたんだよ、彼女に……俺のヒロを取られちまったって……なんか恥ずかしいこと言ってるな。情けないって自分でも思うよ。でも、おまえに帰ってきてほしいんだよ。おまえとツルんでナンパばっかしてたときな、あのころはマジで楽しかったから。ナンパが楽しかったっていうより、ダチとツルんで東京で金稼いでるって感じがよくてさ、俺すげえ浮かれてた……うーん、なんかダメだ」

照れくさそうに頭をかき、足を崩した。

「謝る練習にビデオ撮ろうと思ったんだけど、やっぱ俺っぽくねえ。いいよ、もう。テメエのことなんてどうだって……ただ、まあ、これだけは言っておくよ。おまえがスカウトの仕事やめようって言ったとき、俺殴っちまったけど、ホントはけっこう嬉しかったんだ。仕事変えてもツルんでたいっていう、そういう気持ち？　俺にもあったから……。あーあ、なんであんとき、ヒロの話、真面目に聞いておかなかったのかなあ。聞いておけばよかったってつくづく思うよ。いまなら聞く耳もつからさ、帰ってこいよ。このボロアパート、ずっと家賃払っとくから、いつでも戻ってきてかまわないよ。ここが俺たちの原点じゃねえか。また一からやり直そうぜ……」

苦く笑った表情が、悲痛に歪んでいく。

「でも、おまえはもういまごろ、堅気の仕事に就いてんだろうな。まあ、ヒロならうまくいくよ。俺と違って純なとこあるから、どこ行ってもうまくやってける……こっちは……もうダメだな……このままじゃ、どんどん深みに嵌《はま》っていって、悪事に手を染めていく一方だ……おまえに軽蔑されるようなことばっかり……なあ、ヒロ。東京じゃ、ホントに誰も信用できねえな。欲の皮の突っ張ったズルいやつばっかりでよう……おまえの眼にも俺がそう映ってたと思うと……なんか、もう、やりきれなくってさあ……」

高蝶は声を震わせ、こみあげてくるものをこらえていた。

今江は熱い涙をこらえきれなかった。

気がつけば、嗚咽をもらして号泣していた。

高蝶が本当に「謝る練習」のつもりでこのビデオを撮ったのかどうか、わからない。直感で言えば、ただ録画しただけで二度と見返すことなどなかったような気がする。それでも、高蝶がこのボロアパートで、ひとりカメラに向かって脆弱《ぜいじゃく》な内面をさらしていたと思うと泣けた。横柄で粗雑でどうしようもない見栄坊なあの男にも、こんなふうに孤独と向きあい、癒しを求める一面があったのだ。鬼畜の仮面を脱ぎ、去っていった弟分に涙ながらの懺悔《ざんげ》をしたくなる夜があったのだ。

もちろん、だからと言って、一連の暴挙を許すつもりもないし、高蝶だって許されるとは思っていないだろう。

彼はただ謝りたかったのだ。

気持ちはわかった。

自分もただ謝りたい、と今江は思った。

欲の皮を突っ張らせて、フーゾクなんかにスカウトした女たちに。

そして、誰よりも菜穂子に。


「ずいぶん待たせたな」

男が部屋に入ってきた。ボディガードをひとり従えている。ふたりとも土足だった。玄関で靴を脱ぐというルールの通じない連中のようだった。

男はすらりと背の高い体軀を黒いスーツとコートで包み、黒髪を油でぴったりと撫でつけていた。年は三十前後か。今江と同世代ということになるが、親近感など微塵《みじん》も感じなかった。顔色が異常に悪い馬面に、冷たく険しい眼つき。全身から漂ってくる暴力の匂いが、世代云々《うんぬん》の前に、住んでいる世界があまりにも違うことを伝えてくる。背後に寄り添った色の浅黒いボディガードに至っては、冬なのにTシャツ一枚で、筋肉隆々の体のあちこちにタトゥを施しており、もはや人種が違う感じだった。

時刻は深夜の二時。

一時間に一本かかってくる電話をやり過ごしながら、今江はこの時間まで面会の時間を引っぱった。

「あんたのヤサかい？」

男が部屋を見渡して言った。

「高蝶のだ」

今江は足もとからこみあげてくる恐怖と闘いながら答えた。

「昔、俺もここに居候させてもらってたことがある。誓って言うが、やつとは絶縁して て、この五年間電話もしてなかった。たまたまこのアパートのことを思いついて、ビデオを見つけることができたけど、そこはわかってもらいたい。俺はやつの計画には無関係だし、なにかを口外するつもりもない」

「口止め料もいらないのか？」

「ああ」

今江がうなずくと、男とボディガードは不思議そうに眼を見合わせた。

「じゃあ、早速ビデオを渡してもらおうか」

「その前に、新見と早紀は？」

「心配しなくてもビデオが確認できたらすぐに解放する」

「それからもうひとつ」

今江は人差し指を立てた。

「どうしても訊いておきたいことがあるんだが……」

「なんだ？」

男は面倒くさそうに言った。

今江は震える両脚に力をこめ、息を呑んで言った。

「高蝶を殺ったのはあんたらか？　さっきも言ったけど、俺はやつとは絶縁してる。たとえ生きていても、二度と会うつもりはなかった。ただまあ、古い友人なんでね。真実だけは知っておきたい」

男とボディガードは再び眼を見合わせた。

「微妙なところだな……いや、違うと言えば断じて違う。やつは高速道路でムキになってアクセルを踏みこみ、勝手に事故った。俺たちはやつを追いかけていただけだ。殺したわけじゃない」

「……殺したも同然じゃないか」

今江は声を震わせた。

「追いかけるから逃げたんだ。殺したのはあんたらだ」

「どうとろうが勝手だが、事実として殺しちゃいない。実際、警察は俺たちのところになんてこないじゃないか」

「そもそも、どうして高蝶を追いかけてたんだ?」

「質問はひとつじゃなかったのかい?」

男は苦笑した。

「しかし、まあ、反抗しようってわけじゃなさそうだから教えてやるよ。新見といったか、裏もん扱ってる瓢箪顔の男が全部ゲロしたが、高蝶って男はずいぶん派手な金儲けを考えていたらしいな。まったくド素人は考えることが恐ろしいよ。しかし、やつが女に整形手術をさせている間、こっちもこっちで若き日の歌姫をナンパした男の特定を急いでいてね。なんでもあの子は極端な淋しがり屋らしくて、まあ、天才っていうのはそういうもんかもしれねえが、素人時代にはけっこう遊んでたらしい。おかげでベッドにカメラを持ちこんだ男の特定が遅れちまったわけだが……」

男は煙草に火をつけ、紫煙を吐きだした。

「俺たちは彼女の記憶を頼りに虱潰《しらみ》しにあたっていった。高蝶はそのうちのひとりだった。俺たちはちょっとつかまえて声をかけた。べつにドスを利かせたわけじゃない。歌姫と寝たことがあるか、って紳士的に訊ねただけだ。いやあ、逃げたね。逃げた、逃げた。あんなに逃げ足の速い男っていうのも見たことがない。ハハッ、あんたもなかなかだったけどな。高蝶はもっとすごかったよ。加倉井怜の名前を耳にした瞬間、さあっと顔色が青ざめて、眼つきがキョドって、素っ裸でゲレンデに立ったみたいに震えだしたと思ったら、背中を向けて脱兎《だっと》のごとく逃げだしたんだ。その間、一秒かそこら。あわてて追いかけたが、通行人を盾に使うわ、店先の物は投げてくるわ、正気かっつーほどメチャクチャな逃げ方だったよ。で、いったん見失っちまったんだが、運よくやつの運転するクルマが眼の前を通りすぎていった。俺たちはタクシーで追いかけて、すぐに仲間のクルマを合流させた。とにかく尋常じゃない逃げ方だったからな。ホンボシ見つけた刑事みたいに、こっちも必死だったよ。車間距離を置いて慎重に尾行したつもりだったんだが、栃木に入ったあたりだったか、気づいたやつはまた狂ったように逃げだして……」

高蝶がどこに向かってアクセルを踏んでいたのか、今江は考えていた。追っ手を背負って、東北自動車道を北上。考えるまでもなく、故郷だろう。東京でどれだけ貧乏をしても、心を許せる友達ひとりつくれなくても、勤めていた会社が潰れてしまっても逃げ帰らなかった故郷の田舎町に向かって、高蝶は高速道路をぶっ飛ばしていたのだ。本物の殺意を素肌で感じとっていたと推測しても、あながち間違いではないだろう。つまり、高蝶はやはり、眼の前の男たちに殺されたに等しい。

今江はデスクの上のカメラを取り、再生ボタンのスイッチを入れた。

三十インチのPCモニターに映像が流れる。加倉井怜があえいでいる。

悦に入って話をしていた男も、唇を引き結んでいたボディガードも、息を呑み、眼を光らせ、しばらくの間食い入るように画面を見つめてから、うなずきあった。

「持っていってくれ。肖像権のある人間に返してもらってかまわない」

今江がカメラごとビデオを停めて言うと、男がボディガードに目配せし、うなずいたボディガードはカメラとビデオをバッグにしまった。

「コピーはないだろうな?」

「ない」

男の言葉に今江は答えた。

「本当か?」

男が眉をひそめる。

「おまえが電話でビデオの受け渡しを了解したのが夜の七時前、いま深夜の二時過ぎだから、ざっと七時間も経ってる。ビデオのコピーをつくったり、どこかのサーバーに保存するのに、その時間は使ったんじゃないか?」

「その中から探しだしたんだぜ」

今江はビデオテープがぎっしり詰まった段ボールを見やった。

「コピーなんかとる暇はなかった。命を賭けてもいい」

「そうか」

男は口許に不潔な笑みをもらした。

「命を賭けるか。ならいい。預かってるふたりに会わせてやるから行こう」

「待て、こっちの条件をまだ言ってない」

「条件だと？」

「ああ。俺は高蝶と絶縁した人間だし、そんなビデオを世間に流して儲けようなんて考えはない。人として許せないんだ。実は昔、俺も恋人とやってるところを高蝶に盗撮されてね。まさにこの部屋でのことさ。それを裏に流されたことがある。最悪だった。俺はともかく、彼女の人生はメチャクチャになった。だから、そのビデオも闇に葬ってくれるならそのほうがいいと判断して、あんたらに渡したわけだが……」

今江は体の芯から起こる震えを懸命にこらえた。

「しかし、あんたらが高蝶を追いつめて事故に遭わせたなら、それはそれで人として許せない。絶縁したとはいえ、高蝶は古い友人なんだ。あんたら、警察に自首してケジメをつけるべきじゃないか。それがビデオを渡す条件だ」

「なに言ってる？」

男は笑った。呆れてものも言えないという笑い方だった。

「そんな条件を俺たちが呑むとでも？」

「呑まないなら、ビデオは渡さない。勝手に持っていくというのなら警察に電話する。窃《せっ》盗《とう》罪だ」

今江はデスクに置いてあった携帯電話を手にした。

男とボディガードは、「こいつ馬鹿じゃないのか？」という顔をしている。

しかし、今江が携帯電話で一一〇番を押そうとすると、ボディガードがあわてて腕をつかんできた。頭突きが鼻に入り、硬い膝蹴りが鳩尾《みぞおち》をとらえ、今江はうめきながら畳の上に崩れ落ちた。

「いったいなに考えてんだ？」

男は失笑をこらえきれなかった。

「口止め料寄こせっていうならまだわかるがな。警察に自首？　窃盗罪？　訳のわからねえこと言ってんじゃねえよっ！」

言いながら男は、今江をしたたかに蹴りあげてきた。なるほど、玄関で靴を脱いでこなかったのは、こういうときのためらしい。革靴の鋭く尖った爪先が腹にめりこむと息もできず、悲鳴もあげられずに部屋中をのたうちまわった。

「調子に乗ってるんじゃねえ、ボケッ！　カスッ！」

革靴の尖った爪先が顔面に飛んでくると、歯が折れて、口から血を吐いた。しかし、今度ばかりは理不尽な暴力がありがたかった。痛みが正気を奪っていき、暴力のプロに立ち向かうための狂気を呼び覚ます。

「コピーをとっていてもいなくてもなあ、テメエが生き延びる目なんざ最初からねえんだよ。あのふたりと一緒に、山に埋めてやる。海に沈めたっていい。なるべく楽に殺してやるから感謝しろ」

男がようやく本音を吐き、今江の腹は決まった。悶絶しながら部屋の隅にある、アンティークのハンガーラックに近づいていく。すべてが鉄製で重く、解体もできないから、部屋から運びだすのはかなり面倒な代物だ。

ブルゾンのポケットから、手錠を出した。押し入れを漁っていて出てきたものだ。加倉井怜とのハメ撮りビデオにも出てきたし、高蝶はセックスの小道具によく使っていたのだろう。ビデオではオモチャに見えたが実際には金属製の丈夫な造りで、右手にかけると重かった。もう片方をハンガーラックの鉄製の柱にかけた。ガチャンという金属音が死刑執行の合図にも聞こえる。

「……なんのつもりだ？」

男はこめかみに浮かべた青筋をピクピクと痙攣させた。

「まさか、それで部屋から連れだせなくなったって言いたいのか？」

「ケジメをつけるんだよ」

今江は血まみれの口から声を絞りだした。

「俺は昔、この部屋で取り返しのつかないヘマをやっちまった。わざとじゃないが、致命的なヘマだ。お詫びに死のうと何度も思った。詫びたい気持ちはいまもある。死ぬほどある。どうせ死ぬならここがいい」

「……意味がわからねえ」

男は心底苦りきった顔で首をひねった。

「だが、そんなに死にてえなら、ここで殺してやるよ。約束通り、なるべく楽にな」

男に目配せされたボディガードが、革紐を手に今江に近づいてきた。首に巻きつけられた。どうやら観念するときがきたようだった。今江は眼をつぶった。瞼の裏に菜穂子の姿を思い起こし、迫りくる恐怖から少しでも逃れようとした。

しかし……。

ボディガードはなかなか首を絞めてこなかった。

「なんだ……」

男が窓の外の様子をうかがう。アパートは西武線の線路に面していたが、もちろん深夜の二時過ぎに電車など走っていない。

にもかかわらず、物音が聞こえてくる。人が集まり、ざわめきが起こっている。人がいるはずのない、線路の上にだ。

「サツですか？」

ボディガードが立ちあがり、男が首を傾げながらカーテンを閉めると、パリンとガラスが割れた。石が投げこまれたのだ。

「なんだ？　おい、なんなんだ？」

男が血相を変えて今江の胸ぐらをつかんだ。

「言ったじゃないか……」

今江は歯の折れた口をもごもごと動かした。

「この部屋には解像度の高い盗撮カメラと、高感度マイクが嫌っていうほど仕掛けられてるんだよ。俺はそのおかげでひどい目に遭った。あんたらも遭うだろう。いまこの部屋で行なわれてることは、インターネット放送で全世界にライブ配信中だ」

男たちの顔が蒼白に染まっていく。

「ついでに言えば、あんたが言ってた夜の七時からいままで、ネットの掲示板に殺人予告の書きこみをさせてもらった。いろんなところにな。加害者の殺人予告はいままでにもあったけど、被害者のってのは珍しかったみたいで、反響はすごかった。いわゆる祭りってやつだ。ネットにはよほど暇人ばかりが集ってるんだろうね。このアパートの正確な住所を書きこんだのが、あんたが扉をノックした直後だ。まだ三十分も経ってないだろう？　野次馬ってやつは、本当に足が速い……」

そもそも今江には、男たちが本当に加倉井怜の所属事務所の命を受けているのかどうか、確認をとる術がなかった。新見と同じ裏ものの業者とやくざがツルんでいる可能性も高かったわけで、そんな連中におめおめとネタを渡せるわけがない。ボディガードがバッグに入れたカメラの中のテープは偽物だ。ＰＣモニターに映した映像のソースは、ＰＣのハードディスクに少しだけコピーしたものを見せただけだ。

パリン、パリン、と投げこまれた石でガラスが割れる。カーテンが敷かれているから破片は飛んでこないが、今江にはその音が、男たちの心の叫びに聞こえた。

「さあ、殺せよ」

今江は男たちを睨みつけ、ひきがねを引くように声を絞った。

窓の外に集まっている野次馬の数はみるみる増えていっているようで、耳に届くざわめきは大きくなっていくばかりだった。「マジで殺すのか？」「やべえよ、警察呼ぼうぜ」という声も聞こえてくる。

「殺してみろよ、ひと思いに」

男とボディガードが歯軋りして眼を剝く。

自棄《やけ》になった彼らに本当に殺されてしまっても、それならそれでかまわなかった。

ケジメがつけられる。

菜穂子に死亡記事が届けられる。

いや、菜穂子だけではない。

このショッキングな殺人ショーに接して、溜飲《りゅういん》を下げる者は他にもいるだろう。

フーゾクの仕事を斡旋した女たちだ。

いたずらな欲に駆られ、スカウトの真似事などをしたおかげで、人生を踏み外した女がいるなら、彼女たちのすべてに懺悔したかった。

エピローグ

事件発覚からしばらくの間、あらゆるメディアが上を下への大騒ぎとなった。

騒ぎの中心はもちろん、加倉井玲のハメ撮りビデオの存在だ。

といっても、実物が世間の眼に触れることはなく、これからもないであろうが、憶測が憶測を生み、とくに週刊誌や夕刊紙などの活字媒体では「これが問題ビデオの全貌だ」的な特集が延々と組まれつづけた。

あまつさえ、その忌まわしき過去の汚点を隠すために所属事務所が暴力団組織に働きかけたとなれば、騒動はヒートアップする一方で、芸能界と闇社会の繋がりが、これでもかと取り沙汰されることになった。逮捕者は続出し、道義的責任を問われた所属事務所はマネージメント会社として機能を失い、加倉井怜はマスコミの眼を逃れて海外に雲隠れせざるを得なかった。

報道で今江は、被害者のように扱われた。

一部ネット社会の住人には、みずからの身を危険にさらし、丸腰でやくざ者と渡りあったことで、英雄視する向きさえあった。

しかし、入院生活で外傷を治しながら、警察での長い取り調べを受けた今江は、ほとんど廃人同様だった。

立ちまわりそのものは、にわか仕込みにしてはできすぎていたくらいだった。

菜穂子に対する贖罪《しょくざい》の意識、死んだ高蝶に対する屈折した友情、そしてフーゾクにスカウトした女たちへの詫びの気持ちがすさまじいエネルギーを生み、臆病な自分があそこまで開き直れたことには満足している。新見と早紀が命に別状がなく助けだされたことも、幸運だったと言っていいだろう。

しかし、気分は晴れない。

燃え尽きることのできなかった魂が、少女じみた感傷だけを呼び寄せ、残されたのはただ無気力ばかり。いっそ死ねばよかったのに、と思わない日はない。

そう。

死ねばよかったのだ。

そうであったなら、あの懺悔の儀式は隙のない完璧さで幕が閉じられたことだろう。

椎名町のボロアパートに乗りこんできた男は、指定暴力団三次団体の若頭だったらしく、死んでしまえば彼らからの復讐に怯えることもなかった。

死ねばよかったと思っているくせに、まったくおかしな話だ。

取り調べから解放された今江は、都内の目立たないビジネスホテルを転々とし、寝て食べて起きるだけの無為な毎日を送った。やくざに復讐されることを考えれば故郷に帰る気にはなれず、かといってどこか別の土地に向かうにも、新しい仕事を探すにも、気力が湧いてこなかった。

早紀と新見は、雨月荘に警察が踏みこんでから少し遅れて、無事保護された。

ただし、早紀の顔に施された衝撃的な秘密が、世間に知られることはなかった。いささか不自然なくらい、彼女の存在はマスメディアの報道からすっぽり抜け落ちていた。

一度、電話があった。

「旅行に行かない?」

早紀の声は明るかった。

「沖縄の離島……って言いたいところだけど、行き先は神戸。三つ星ホテルのスイートルームを用意するから、グルメ三昧で羽根を伸ばしましょうよ。あ、お金の心配はしなくていいから。助けてもらった、お・れ・い……」

今江はすべてを察した。示談が成立したのだ。そういう言い方が正しいかどうかわからないが、彼女が加倉井怜そっくりの顔で人前に出ることを望まなかった人間が、大金を積んだことは想像に難くなかった。

神戸に行くのは、もちろん顔を元に戻すためだろう。ただし、見張りつきだ。大金を積んだ側の人間が、彼女が約束を果たすかどうか確認しないわけがない。

「悪いが遠慮するよ」

今江は誘いを断った。

彼女と二度と会うことはないだろうが、それでよかった。

事件からひと月ばかりが経ったころの話だ。

季節はまだ冬だった。

今江は北千住《きたせんじゅ》の安いビジネスホテルに泊まっていた。

部屋には窓がなく、安いかわりに尋常ではない古さと狭さだったので、昼間になると息がつまり、毎日荒川まで散歩に出ていた。風がなければ陽射しは暖かかった。

その日も、川べりの土手を散歩し、枯れ草の上に寝っ転がっていた。河川敷のグラウンドで行なわれている少年野球をぼんやり眺めるのが、日課になってしまった。ユニフォームもぶかぶかな小学生同士の試合なので、電卓が必要なくらい点が入るのが面白い。

今江もかつては野球少年だった。

プロ野球の選手になるのが夢だったが、もちろんそんな夢はすぐに潰《つい》えた。

二十歳のころは東京へ出てくることが夢だった。

叶ったと言えば叶ったが、夢と呼ぶにはあまりにもハードルが低すぎたし、東京に出てきたからといって、べつに何事も成し遂げていない。

いまの夢はなんだろうか？

難しい質問だ。

携帯電話がメールの着信音を鳴らした。

〈生きてる？〉

送信先はアドレス帳に未登録だが、誰であるのかすぐにわかった。殺人予告の脅迫メールに怯えていたとき、無意味に並んだ英数文字を覚えてしまっていた。

なにしろあれだけの大騒ぎだったのだ。みちのくの田舎町で隠棲していても、事件の報道に触れる機会もあったのだろう。ニュースやワイドショーで繰り返し流された、今江がボディガードに革紐で首を絞められるシーンくらい見ていてもおかしくない。

返事をするべきか、しないべきか、するならどうすべきか、しばらく逡巡した。

グラウンドを眺めた。

バッターボックスの少年が大振りしすぎて転んだ。小柄なのにムキになってバットを振りまわしてばかりいる子で、そのくせちっとも球に当たらない。

今江は苦笑しながら、

〈まあ、なんとか〉

当たり障りのない文面を返した。

〈今度はわたしの番だね〉

すぐにまたレスがきた。

〈なにが？〉

〈わたしが過去にケジメをつける番。やっとわかった。過去に振りまわされて未来を棒に振るなんて、つまらない〉

今江は眉をひそめて文字を追い、首をひねった。

〈いったいなんの話だよ？　結婚祝いに俺の死亡記事を届けてやろうと思ったんだがな。残念ながら生き延びちまった〉

〈死亡記事なんて見たくない。絶対やだ……〉

メールは続いた。

〈わたし、結婚するのやめちゃったの。やくざに追われて逃げまわってる人を助けるために、ひと肌脱ぐことにしたから……ごめん、そういう言い方はよくないね。ねえ、ヒロくん、会いたいよ。わたしが匿ってあげるから、こっちに来なよ……〉

「……菜穂子」

今江は携帯電話を手に立ちあがった。

グラウンドではピッチャーが投げた渾身《こんしん》の球を、大振りの少年が打ち返した。カキーンと渇いた音を鳴らして、白球が冬の青空に舞っていった。

ろくでなしの恋

一〇〇字書評

切り取り線

購買動機（新聞、雑誌名を記入するか、あるいは○をつけてください）

□（　　　　　　　　）の広告を見て	
□（　　　　　　　　）の書評を見て	
□ 知人のすすめで	□ タイトルに惹かれて
□ カバーが良かったから	□ 内容が面白そうだから
□ 好きな作家だから	□ 好きな分野の本だから

・最近、最も感銘を受けた作品名をお書き下さい

・あなたのお好きな作家名をお書き下さい

・その他、ご要望がありましたらお書き下さい

住所	〒				
氏名		職業		年齢	
Eメール	※携帯には配信できません			新刊情報等のメール配信を 希望する・しない	

この本の感想を、編集部までお寄せいただけたらありがたく存じます。今後の企画の参考にさせていただきます。Eメールでも結構です。

いただいた「一〇〇字書評」は、新聞・雑誌等に紹介させていただくことがあります。その場合はお礼として特製図書カードを差し上げます。

前ページの原稿用紙に書評をお書きの上、切り取り、左記までお送り下さい。宛先の住所は不要です。

なお、ご記入いただいたお名前、ご住所等は、書評紹介の事前了解、謝礼のお届けのためだけに利用し、そのほかの目的のために利用することはありません。

〒一〇一-八七〇一
祥伝社文庫編集長　加藤　淳
電話　〇三（三二六五）二〇八〇

祥伝社ホームページの「ブックレビュー」からも、書き込めます。
http://www.shodensha.co.jp/bookreview/

上質のエンターテインメントを！　珠玉のエスプリを！

祥伝社文庫は創刊十五周年を迎える二〇〇〇年を機に、ここに新たな宣言をいたします。いつの世にも変わらない価値観、つまり「豊かな心」「深い知恵」「大きな楽しみ」に満ちた作品を厳選し、次代を拓く書下ろし作品を大胆に起用し、読者の皆様の心に響く文庫を目指します。どうぞご意見、ご希望を編集部までお寄せくださるよう、お願いいたします。

二〇〇〇年一月一日　祥伝社文庫編集部

祥伝社文庫

ろくでなしの恋《こい》

平成二十三年二月十五日　初版第一刷発行

著者　草凪《くさなぎ》　優《ゆう》

発行者　竹内和芳

発行所　祥伝社

東京都千代田区神田神保町三－六－五
九段尚学ビル　〒一〇一－八七〇一
電話　〇三（三二六五）二〇八一（販売部）
電話　〇三（三二六五）二〇八〇（編集部）
電話　〇三（三二六五）三六二二（業務部）
http://www.shodensha.co.jp/

印刷所　堀内印刷

製本所　関川製本

カバーフォーマットデザイン　芥　陽子

造本には十分注意しておりますが、万一、落丁、乱丁などの不良品がありましたら、「業務部」あてにお送り下さい。送料小社負担にてお取り替えいたします。

ISBN978-4-396-33642-4 C0193